SHALOM
ACADEMY

「滅命之獸」

CHARACTER FILE

SHALOM ACADEMY

Youny

悠猊

神獸

我即是真理與公義，我將代替神，審判世界——

Blood Type ?

Height 186

外表年齡：18
實際年齡：?
生日：?
興趣：觀察夏洛姆學生的動態
專長：上古神級祕咒
喜歡的東西：順從自己的人
討厭的東西：人類

被封印在夏洛姆的上古神獸，企圖解開封印，讓特殊生命體取代人類成為世界的掌權者。平時潛伏在學園內，偽裝成學生。不知為何對福星非常親切溫柔......

GOBOOKS
& SITAK
GROUP©

GOBOOKS
& SITAK
GROUP©

三日月書版

三日月書版

SHALOM ACADEMY
Shalom Academy
of Special Animate Beings
Since 1692.
蝠星東來
Presented by LAN QI ZUO REN
novel.藍旗左衽 illust.ダエ
7
輕世代
FW304
三日月書版

Characters

Shalom Academy
Character File

「新手妖怪研習中」

賀福星 Fu Xin

外表年齡：16
實際年齡：18
生日：7/17
興趣：電玩、動漫、網拍
專長：自得其樂
喜歡的東西：和朋友在一起
討厭的東西：重補修

混血蝙蝠精

呃，我當了18年人類，
要我馬上習慣妖怪身分，太強人所難了啦！

Shalom Academy
Character File

「警告：危險勿近」

理昂·夏格維斯 Leon

闇血族

外表年齡：18
實際年齡：198
生日：11/3
興趣：閱讀
專長：冷兵器
喜歡的東西：安靜閱讀
討厭的東西：被迫做不想做的事

你並沒有照顧我的義務，你到底有什麼企圖？

Characters

Shalom Academy

Character File

「嚴禁餵食」

洛柯羅 Rocort

外表年齡：18

實際年齡：？

生日：？

興趣：吃、和福星玩

專長：連續不斷地吃

喜歡的東西：吃點心

討厭的東西：蔬菜

妖精

吶，你身上有甜甜的味道，是食物嗎？

Shalom Academy

Character File

「拜金奸商」

翡翠 Emerald

外表年齡：18

實際年齡：98

生日：6/6

興趣：賺錢

專長：數學、歷史

喜歡的東西：營業盈餘

討厭的東西：營業虧損

風精靈

免費？我豈是膚淺到把友情看得比錢還重要的人！

Characters

Shalom Academy
Character File

「資深偽正太」

寒川 Samukawa

黑天狗

外表年齡：12(偽裝前) / 40(偽裝後)
實際年齡：854
生日：1/1
興趣：表：深造鑽研異能力操控
　　　裡：收集可愛的東西
專長：咒術操控
喜歡的東西：泡澡、可愛的物品
討厭的東西：錯誤百出的作業、山寨品

當掉，全部重修。

Shalom Academy
Character File

「生猛獸族。隱性傲嬌」

布拉德 Brad

狼人

外表年齡：19
實際年齡：98
生日：4/1
興趣：鍛鍊自我、極限運動
專長：武術、家政
喜歡的東西：在陽光下揮灑汗水
討厭的東西：闇血族

多說無益，是男子漢就用拳頭來溝通！

Characters

Shalom Academy
Character File

「聖母降臨」

珠月 Zhu Yue

蛟人

外表年齡：17
實際年齡：97
生日：3/5
興趣： 欣賞少年間的不純友誼互動
專長： 水中競技、文學、3C用品操作維修。
喜歡的東西： 花卉、男人的友情
討厭的東西： 海底油井、逆CP

……你還好嗎？不要過度勉強自己，我會幫你的。

Shalom Academy
Character File

「強效去汙」

丹絹 Dan Juan

蜘蛛精

外表年齡：17
實際年齡：99
生日：9/7
興趣：鑽研知識
專長：各科全能，清潔保健。
喜歡的東西： 排列整齊的書櫃
討厭的東西：髒亂不潔。

這種等級的作業對你來說有這麼難？你的腦袋是裝飾用嗎？

Characters

Shalom Academy
Character File

「女賓止步」

以薩·涅瓦 Isaac

闇血族

外表年齡：18
實際年齡：122
生日：2/5
興趣：園藝、植物
專長：數學、植物學
喜歡的東西：花朵、溫室
討厭的東西：人群

女孩子像花一樣，很漂亮，但是很脆弱……福星的話，是塑膠花。

Shalom Academy
Character File

「欠管教惡貓」

小花 Floral

貓妖

外表年齡：16
實際年齡：203
生日：11/16
興趣：美男鑑賞、觀察他人
專長：情報搜集
喜歡的東西：不為人知的祕密、美男
討厭的東西：自以為是的正義魔人

知道人們的祕密後，要他們聽令並不難。

Characters

Shalom Academy
Character File

「超肉食女王」

歌羅德 Grod

巫妖

外表年齡：28
實際年齡：80
生日：12/24
興趣：美妝、逛街、作弄寒川
專長：巫毒、巫咒、作弄寒川
喜歡的東西：聖羅蘭口紅
討厭的東西：僵硬的教條規範

你是在忤逆我嗎？嗯？

Shalom Academy
Character File

「無限放空」

子夜 Zi Ye

玄鳥

外表年齡：17
實際年齡：86
生日：5/2
興趣：發呆，看天空
專長：召喚系咒語
喜歡的東西：亮晶晶的小東西
討厭的東西：靜電

……喔。

Characters

Shalom Academy
Character File

「成人限定」

紅葉 Momiji

炎狐妖

外表年齡：18
實際年齡：92
生日：7/25
興趣：購物、交際
專長：被搭訕、被請客、被告白
喜歡的東西：居酒屋
討厭的東西：梅雨季

曖昧不明的，很釣人胃口吶。

Shalom Academy
Character File

「天真無邪」

妙春 Taeharu

狸貓妖

外表年齡：10
實際年齡：？
生日：10/20
興趣：翻花繩、爬山
專長：編花冠、丟沙包
喜歡的東西：花手鞠、橛餅
討厭的東西：臭魚乾

福星，你是痴漢嗎？

Characters

Shalom Academy

Character File

「特級暖男」

希蘭 Shiran

風精靈

外表年齡：18
實際年齡：109
生日：12/19
興趣：小提琴、詩社
專長：古典文學、政治學
喜歡的東西：歌劇、音樂會
討厭的東西：期末評鑑

小心點……
你和福星一樣要人費心照顧呢。

Shalom Academy

Character File

「愚民退散」

賀芙清 Fu Chin

混血蝙蝠精

外表年齡：26
實際年齡：26
生日：12/27
興趣：一邊做實驗一邊聽刑偵影集
專長：病理學
喜歡的東西：冰咖啡，鑑識劇
討厭的東西：不可愛的笨蛋

既然我們有血緣關係，我有義務容忍並
接納你的愚蠢。謝恩吧，蠢貨。

Characters

Shalom Academy
Character File

「異端滅除」

斐德爾 Fidel

人類

外表年齡：28
實際年齡：28
生日：5/7
興趣：靜坐冥想，武器研發
專長：近距離戰鬥，鼓舞振奮士氣
喜歡的東西：古董書，和同伴集訓
討厭的東西：一切特殊生命體

我的雙手雖被血沾染，卻能為世界除去黑暗。

Shalom Academy
Character File

「滅命之獸」

悠泥 Youny

神獸

外表年齡：18
實際年齡：?
生日：?
興趣：觀察夏洛姆學生的動態
專長：上古神級祕咒
喜歡的東西：順從自己的人
討厭的東西：人類

我即是真理與公義，我將代替神，審判世界——

Shalom Academy

═蝠星東來═

contents

Chapter01

朋友吵架就像內褲上的汙痕，

羞愧難堪，但還是得處理面對

S H A L O M　　A C A D E M Y

真相就像是前男友或前女友，見了面之後，尷尬惱羞的總比驚喜歡樂的多。

特別發現相信已久的「事實」，其實全是謊言的那一刻。

「所以，現在是什麼狀況?」紅葉側坐在交誼廳裡大沙發的扶手上，豔麗的容顏一臉不悅。

「終極兵器就在敵人手上，」布拉德嘆了聲，「總不能叫我們直接殺去白三角總部，叫他們把鎮魂鐘交出來，好讓我們對付他們。一整個本末倒置。」

「唷，你竟然使用了成語！不錯。」丹絹讚許地點頭。

布拉德狠狠地瞪了不識相的笨蜘蛛一眼。

「誰管那個啊。」紅葉打了個呵欠，對布拉德說的事興趣缺缺，「我是說理昂和以薩。」她停頓了一秒，「還有福星……」

眾人沉默。

一行人剛從日落森林返回學園，一路上的氣氛非常僵，沒人說半句話。

以薩走得很快，一個人走在前頭，一下子就不見人影。理昂和福星則是返回寢室。寒川回主堡向桑珌報告，弗蘭姆直接打道回府。其餘的人出於莫名的原因，全跟著紅葉來到了班級交誼廳。或許是因為，大家都不想回寢，獨自面對心中的不安與惶惑吧。

假日夜間，交誼廳裡空無一人，正好給他們一個喘息的空間。

「那是闇血族的內部紛爭，與我無關。」布拉德輕啐了聲，「盡搞些陰險手段，果然是見不得光的種族。」

「那你來幹嘛？」紅葉瞪了布拉德一眼，「特地來賣弄你那舔過屎的臭狗嘴？」

「閉嘴，狐狸精，妳的禮節和貞潔一起扔了？」布拉德回吼。

「別這樣。」珠月淡淡地輕語，有如春雨一般灑在火爆的場面上。「布拉德也是在擔心理昂他們，只是不善表達……」她輕聲為布拉德辯解，「他如果真的不關心的話，就不會過來了。」

珠月的神情很疲憊。伙伴之間鬩牆，這是她不樂見的。總是掛著淺笑的溫柔容顏，籠上了一層苦澀。

紅葉瞥了布拉德一眼，沒好氣地哼了聲。

布拉德看著珠月，耳根漲紅。他很感謝珠月幫他說話，並且，珠月竟然看出了他的心思……這讓他心底怦然鼓動。

他輕咳了聲，低下頭，靦腆地低語，「謝了。」

珠月揚起淡笑，「傲嬌屬性，不難理解。」

布拉德愣了愣。他完全聽不懂。

「理昂不會和以薩和好嗎？」妙春擔憂地發問。

「夏格維斯家對克斯特家做的事，不是說聲抱歉就能解決的。」翡翠長嘆，「而且以薩目睹了赫爾曼是如何對待麗夫人的。」

「可是……」妙春皺眉，「那又不是理昂做的。」

「但那是他的族人。」

「男人啊，真麻煩。」紅葉不耐煩地哼了聲，「有什麼不滿悶在心裡有屁用，去打架啊！煩死了。」

「妳說的有道理。」珠月悠悠地點點頭，表情有種恍神的超然感，「在揮灑汗水的同時，對敵手浮現欣賞之心，進而萌生演化成其他的情愫，然後——」

「然後？」眾人追問。

「然後，揮灑的液體可不只汗水了。」珠月長嘆了一聲，「很萌的發展，但我現在卻沒心情欣賞……」太過苦惱沉悶，導致自己將心裡的OS大剌剌吐出都不自知。

極短的片刻，眾人陷入尷尬的沉默，但隨即拉回話題。

「總之呢，」丹絹輕咳了聲，「這種事還是交給專家吧。」

「你？」翡翠挑眉，不以為然，「由你出馬的話，感覺只會讓冷戰的兩人直接拿刀互捅。」

珠月眼睛一亮，像是抓到什麼關鍵。「互捅?……」但眼底的光彩有如流星，瞬間即逝。她搖了搖頭，無奈地輕嘆，不語。

眾人暗暗鬆了口氣，大家都很擔心珠月會在不自覺的情況下又吐出驚人的話語。

「並不是。我知道自己的長項在哪裡，感情和人際互動什麼的，這不是我擅長的東西。」丹絹冷哼了聲，「我也是有自知之明的！」

「你也很不擅長討人喜歡。」翡翠輕笑。

「我比較訝異他竟然敢妄稱自己有自知之明。」紅葉壓低聲音，湊向翡翠輕語。

「哼！盡量講吧！這只是更加突顯你們的淺薄鄙陋！」

事實上，不只是丹絹，所有的特殊生命體都不擅長處理人際問題。

特殊生命體的羈絆，大多建立在血緣和利害關係上。非我族類其心必異，不同族類的人是會聚在一起，但大多是為了同歡樂，很少是共患難，更別提要處理伙伴紛爭這種事。志同即合，不合即散，沒人會想要去「挽回」。

他們認為，後悔、挽回，這是弱者的表現。

但是賀福星改變了他們，他讓他們變成了弱者，卻沒人為此感到懊惱。

「希望能快點和好。」珠月由衷希望。

「是啊。」小花認真地說著。「雖然那兩個傢伙都陰陽怪氣，但少了他們，感覺就不對。」

「妳自己也很陰陽怪氣。」翡翠吐槽。「但少了妳，感覺也怪怪的。最厲害的就是妳，明明是別班的，卻融入得很自然。」

「那是你們的等級剛好配得上我。」小花得意輕笑，「我們班的人太無聊了。」

雖然當初會和福星一起行動是為了更接近布拉德，但是兩年下來，不知不覺間，她的目的早已改變。比起接近布拉德，她更喜歡一群人吵吵鬧鬧在一起。

「感恩節已經過了，接下來就是聖誕節、新年、復活節。每個節日都會有慶典和餐會。聽說聖誕節那天的晚餐，會用馬卡龍疊出一座塔……」一直沉默的洛柯羅突然開口，「剩下七個月，希望大家能開開心心地一起吃飯，笑著度過。」

這是所有人的心聲。

離開日落森林，福星跟著理昂一同返回寢室。理昂走得很快，福星幾乎是用跑的才跟上，途中還差點跌倒好幾次。

「理昂——」

「不要過來。」

「這也是我的房間啊。」

「這區域是我的地盤。」理昂背對著福星，駐立在書桌前，斥喝，「離開！」

回應他的是逐步靠近的腳步聲。

「你聽不懂我說的話嗎?!」理昂惱火，聲音上揚。

「兩年前你滿身是血地躺在地上叫我不要管你，還恐嚇要殺了我。兩年前我沒照做，現在的我更不會照做。」

理昂困惑，「為什麼要這樣？」

「我們是朋友！」福星有點火大，「這個問題你好像問過不止一次了喔！」為什麼同樣的話要說好幾遍，有這麼難理解嗎?!

「即使你知道我是這麼卑劣的人？」

「兩年前你在我心中的印象更差，我都敢靠近你了，現在有什麼不敢！」

那時候他剛進夏洛姆，對自己的新身分、還有新的世界觀非常陌生惶恐。他曾一度以為理昂會在夜裡襲擊少女或牲畜，偷吸他們的血。

理昂不語，自嘲地輕笑了聲。

福星啊……這過分天真的單純。單純到看似愚蠢，單純到讓人不忍……不忍讓他悲傷，不忍讓他陷入兩難的矛盾。

「你還好嗎？」福星走向理昂，下意識地伸出手，搭上對方的背，輕輕地拍著。

以前他生病或難過時，琳琳也是這樣安撫他。只是個簡單的動作，卻像有魔力一樣，讓他安心而放鬆。

細微到難以察覺的苦澀輕嘆，自理昂的喉間透出。

「啪！」重重的力道，將福星的手推開。

「不要碰我。」理昂以極度冷冽疏離的目光刺著對方。「以薩說的都是事實。是我祖父毀了克斯特家，而我知情。」

「理昂？」

「用盡一切手段鏟除不利於己的事物，是夏格維斯家的傳統。」理昂抓起背袋，走向櫥櫃，扔了些東西到袋中，「即使尚未造成威脅，只要被認定有可能構成危害，便會被銷毀。」他束起背袋，回頭看了福星一眼，「這點你應該很清楚。」

福星不語。他知道理昂指的是修學旅行時，西薇雅對他的攻擊。

「但是，那又不是你……」

「那是夏格維斯家做的決定，而我是夏格維斯家的人。我的家人企圖殺了你。」理昂打斷了福星的話語，「福星，那才是我的同伴，血緣關係是一輩子切不開的羈絆。」

他知道夏格維斯家希望的是什麼。

他知道要怎麼做，才會讓夏格維斯家對福星等人不再感興趣。

福星看著理昂，一時間不知道要怎麼反駁。他突然好希望自己有翡翠或小花那樣的口才，好希望自己能說服理昂，讓理昂相信他在眾人心中的重要性，已經等同於家人。情感的羈絆，比單純的血緣更堅固、更難以摧毀。

「可是……就算沒有血緣關係，我還是很在乎你。你悲傷的話，我也會難過……」福星吶吶地說著。「而且，我相信你。理昂．夏格維斯不是那麼陰險殘酷的人。」

理昂咬牙，拎起背袋，轉身。

「你要去哪裡？」福星緊跟在後。

理昂轉身，一把將福星推離自己。福星一個踉蹌，撞向牆面，跌坐在地。

「唔……」福星撫著屁股，笨拙而吃力地努力爬起。

理昂盯著福星一秒，壓下心中翻騰的情緒，冷冷地撇頭，轉身離去。

「等一下！」

當福星追出門口時，走道上空蕩蕩的，杳無人影。

陰鬱的清晨。濃醇的黑夜隱隱透出昏昧的晨曦，轉為汙濁濕重的深水泥色。

闇血族活躍的時辰將盡，轉而預備進入潛伏的交界點。夏格維斯家族的大門，被粗魯而放肆的力道轟然甩開。偌大的城堡裡瞬間靜默，談話聲、工作聲，驟然休止。

服侍夏格維斯家上百年的管家羅倫佐，從容不迫地立即現身在前廳，凜然肅穆的容顏，在看見來者時，也露出了些許的詫異。

「理昂少爺？」他機警地察覺到情勢不對勁。「為何您……」

「這是我的家堡、我的產業，主子回來還須通報？」理昂冷聲質問，給人極致的威脅感，「我有幾個問題要你回答。」

理昂的笑容讓羅倫佐不寒而慄，但這股顫慄立即轉為欣喜。

這樣的氣魄，這樣的威儀，和赫爾曼如出一轍。這才是夏格維斯的統領！

「我會盡己之力為您解答的。」羅倫佐謙卑回應。

「我想想，先從哪一件事開始好呢？」理昂偏頭，故作思考，「按照時間順序來好了。首先，赫爾曼殺害麗・克斯特，扭曲歷史。對吧？」

羅倫佐訝異，他不知自己的主子從何得知這隱瞞數百年的祕密。這件事，只有夏格維斯家的幾個長老知情而已。

理昂挑眉，冷笑著繼續開口，「幫忙藏匿並養育克斯特家族的後裔，並不是出於正義，而是為了就近監控，對吧？」讓克斯特家以為夏格維斯有恩於己，日後還能靠著這份恩情加以利用。卑劣，卻高竿，非常有他祖父的風格。

「我不明白您——」

「不記得？很好。裝無知迴避責任，這是赫爾曼教你的，那我問時間近一點的事。」理昂一步步走向羅倫佐，「八月時在聖彼得堡，西薇雅刺殺賀福星，這是你安排的，對吧？」

羅倫佐不語。不承認，也不否認。

「但是失敗了，真可惜？」理昂冷笑。

「如果您要為了這件事處分我，我不會抵抗。」羅倫佐淡然回應，「我不對自己的決定後悔，那少年的存在對您不利。」

「對我不利？呵，是對夏格維斯不利。」理昂嗤聲，「你要的只是能全心掌控夏格維斯、為家族爭取更多權力和利益的傀儡，和赫爾曼一樣的傀儡。」

「赫爾曼大人不是傀儡！他是了不起的領導者！」

「因為他卑劣陰險的性格剛好和你們一拍即合。」

「您不該這樣說您的祖父。」羅倫佐直視著理昂，「你們是血親，汙辱他等於汙辱您自己。」

「哼，血親。」是啊，無法抹煞的事實。他和那卑劣陰險的傢伙流著相同的血，背著相同的東西。他明白，所以他才會回來，接下這汙穢的擔子。

雖然極度不願，但是不回來蹚這灘渾水，他的族人不會善罷干休。況且，他早已深陷在這血腥陳腐的牢籠裡。

他珍惜他的伙伴，他會用他的方式守護他們。

兩年，雖然很短，但已經夠了。這兩年的回憶，夠他回味一輩子，夠陪伴他度過未來孤獨的歲月。

「理昂少爺？」羅倫佐困惑。他以為理昂是回來興師問罪，剛才質問到賀福星的事時，他甚至有領死的準備。

「從今天起，夏格維斯家由我接管，元老院那些傢伙可以準備退位，回家等死。」

「什麼?!」這樣的轉折，讓他不知是該憂還是該喜。

「怎麼，不滿意？」

「夏格維斯家本來歸您所有，您的上任正是眾望所歸。」

「很好。」理昂勾起殘酷的笑容，「既然接任了，就必須有些作為，讓外人見識夏格維斯新一任繼任者的能耐。」

「您的意思是？」

「淨世法庭勢力擴張，對我族造成危害。」理昂冷聲宣告，「通知眾聯盟，徵召所有戰士，聚集所有兵力。我們必須反擊，殲滅所有白三角！」

由他肅清這個世界，肅清特殊生命體的威脅，肅清可能危害到伙伴的敵人。

羅倫佐愣愣，他沒料到理昂會做出這樣的決定。「理昂少爺，這個決定太過莽撞！」目前的情勢，長老團的想法是先消除克斯特家逐漸壯大的勢力，白三角什麼的，根本不是重點。事實上，白三角只是挑起對立和煽動族群意識的工具，是拉攏政權的手段，夏格維斯壓根不打算和他們正面衝突。

「你一直希望我回來掌管家族，現在實現了。」理昂冷瞥了羅倫佐一眼，「你只是個下人，主子的命令，你能做的只有盡力執行。」

語畢，逕自越過羅倫佐，將他留在前廳，獨自面對懊惱。

羅倫佐咬牙，拳頭緊握。

他知道他的主子在打什麼主意。理昂表面是接管家族，領導族人對抗敵人，但事實上，他想以這幾近自殺的方式，與敵方同歸於盡，他想以這消極的方式毀了夏格維斯家族！

懊惱轉為怨恨，牽怒到他人身上。

早知道，不該留下沃克家的餘孽，不該讓克斯特一族的餘孽存留。都是那該死的婦人之仁，該死的負罪感！

羅倫佐的眼底浮起沉鬱的凶光。

錯誤，必須鏟除。幸好他還有修正的機會……

帶著餘秋暖意的天氣驟變，一夕轉冬，寒凜及陰冷籠罩夏洛姆。不僅天候，整個學園亦沉浸在肅寒的氛圍裡。

聽完寒川的報告，桑珌的臉色黯沉了幾分，苦笑，「沒想到藍思里的餿主意竟然還有些用處，你們真的探到有用的消息。」

「是的。」寒川恭敬回報，「有些事情我沒向藍思里詳說，因為我認為那牽涉到家族隱私。真正的歷史，並非我們以往所熟知的。」

「你的做法是正確的。麗．克斯特的事雖然是悲劇，但那是闇血族族內的事，必須讓他們自己處理。」

「我只擔心越處理越糟。」寒川皺眉，「理昂．夏格維斯歸返後的第二日就擅自折返斯圖嘉的本家，正式接掌夏格維斯家族。他聚集北派家族聯盟的人馬，向白三角開戰！」

這原本是要在歸來的當夜就向桑珌報告，但那天晚上桑珌竟然離開，直到五日後的今天才回來。

「我相信理昂．夏格維斯知道自己在做什麼。」桑珌輕嘆。

「現在整個學園都惶惶不安，外界都在看夏洛姆是否會跟隨夏格維斯家的腳步，對淨世法庭宣戰。學園裡一堆自我感覺良好的死小孩，蠢蠢欲動地想要到外頭『建功立業』，為族人奉獻心力！但是那些可笑的『英雄』卻連初階咒術和英文文法都被死當！連遺囑都寫不好，還迫不及待地去送死！」

寒川一口氣發洩連日來的怨氣，然後以帶著些許埋怨的口吻詢問，「您應該留在校內穩定人心的。在這關鍵時刻，您去哪裡了？」

「探訪老朋友。」桑珌再度長嘆，隨即苦笑，「情勢看起來越來越糟了吶。」

「您還笑得出來……」寒川不滿低喃。

他知道，為了經營夏洛姆，為了連繫彼此互有心結的各個族群，桑珌四處奔走，盡己所能地向他人解釋自己的理念，宣揚維護他所認知的和平。

他一直覺得，桑珌是全夏洛姆工作最重、最忙碌的人，也是特殊生命體界最頑固、最善良的人。

同時，他也想到了賀福星。為了自己堅信的理念，一古腦地無條件付出。

像個傻子，傻到讓人不捨。

桑珌淺笑，「並不是所有的事都往壞處發展的。」

「如果情勢正如我們所見，雖然艱難，但至少還有補救的方法。」寒川深吸一口氣，說出自己心中的擔憂，「我覺得事情不對勁。很多事都不對勁。看起來是巧合，卻環環節節地牽涉在一起。這些事件，彷彿把整個大局面引導向一個未知的巨大混沌之中。」

桑珌靜靜地聽著，看起來並不訝異。

「三百年前製造出鎮魂鐘的瑟芬，竟然是白三角的前代宗長。而他的外貌，長得和封印之獸如此相像。」寒川咽了口口水，「被封印的公理之獸，還處在牢籠之中嗎？」

「是的。整個夏洛姆的隱蔽結界，就是透過擷取他的靈力而運作，學園的穩定就是封印完好的象徵。」桑珌肯定地開口，「況且，你應該很清楚，若是他真的脫離了封印，也不會站在人類一方。」

寒川看著桑珌，遲疑了片刻，「雖然現在才問似乎太晚，但是我一直很好奇，囚禁公理之獸的空間裂縫，也就是夏洛姆所處之處，究竟是誰創造出來的？」

「某個重要的老朋友。」桑珌笑了笑，「這幾天我去探訪的人。」

「即使是現在也不能透露對方的身分？」

桑珌搖了搖頭，「她隱居很久了，目前還不希望被人打擾。」仍然處於長眠之中，與世隔絕。

他有點羨慕。他希望自己也能把世間所有的紛擾拋在腦後，置身事外地長睡不醒，但他的性格不允許他這麼做。

寒川有點惱火，「桑珌，現在情勢非常惡劣，糟到和藍思里的性格一樣，爛得一塌糊塗！」

桑珌悠悠反問，「所以，你認為我們也應該出兵對抗白三角？」

寒川煩躁地抓了抓頭，「我反對讓學員出戰，但是其他職員，還有一些傑出的畢業校友，或許可以請他們——」

桑珌忽地打斷了寒川的話語，「你覺得，夏洛姆所做所為是善還是惡？」

「當然是善！」他們封印了神獸，讓人類免於滅亡之厄。

「白三角也認為他們是正確的。」桑珌輕笑，「這代表我們兩者之中，一定有一方是錯的。」

「所以？」

「我們所知道的，就是我們所知所為都有限。有限的人無法做出公正的評判，只有全能的神能審判人。」桑珌肅然低語，「我們能做的是盡己所能地掙扎，成或敗，這並非我們能決定。」

「你是要我們坐以待斃？」

「並不是。在情勢明朗之前，還是專注於分內之事吧。在夏洛姆，有很多事需要處理，很多人需要被關心。不必要的殺戮，越少越好。修學旅行時，我們已經造夠多孽了。」

狩獵白三角的活動是當年藍思里所提出的，雖然他極力反對，但是對方勢力龐大，並且滲透深入夏洛姆，他也只能應允這項殘酷的活動在夏洛姆舉行。

如果情勢真的如寒川所說那般混亂，那麼就亂下去吧。在重大改革之前，毀滅是必經之路。凡事皆有兩面，破壞之後，帶來的將是新生。

看著一臉苦悶的寒川，桑珌淺笑。「我雖然行過死蔭的幽谷，也不怕遭害。」

「呵，因為神與我們同在嗎？我不是教徒。」寒川轉頭望向窗外，自言自語，「如果真的有神的話，祂會站在哪一邊……」

他們是善的那一方？還是壓迫以色列人的埃及人呢？

理昂離開的第五日。

白三角與特殊生命體的戰況轉劇的風聲，傳入了夏洛姆。但校園內一如往常，課還是照上，每個人做著自己的事，開心地聊天、吃飯。大家彷彿都不知道發生了什麼事，或者，就算知道，卻裝作沒事的樣子，粉飾太平。

夜晚的高階西方符令學，階梯式的大教室裡零零散散地坐著學生。黑板上抄滿了深奧的法陣和算式，全身沒半根毛髮、光滑蒼白的妖精族教授，以平淡的音調解說著複雜的理論。

福星心不在焉地抄著筆記，停筆，看向座位旁的空位。

那是理昂常坐的位置。

他長嘆了一聲。

遲到的布拉德悄悄地走入席中，坐入福星身後的位置。他看見福星的神情，開口，「那傢伙還沒回來？」

「嗯。」

「有人知道他去哪裡了嗎？」紅葉好奇。

「回老家了。」小花壓低音量，「歸返後那天晚上他就回到斯圖嘉，正式接管夏格維斯家族。這五天內，理昂大力動員、聚集人馬，要和白三角正面決一死戰。」

「夠狠，夠果斷。」丹絹認真地說，「不得不承認，他確實和他祖父赫爾曼一樣。」

福星皺眉，心裡的憂鬱更沉重了幾分。

「我覺得理昂沒那麼壞……」福星喃喃低語。

「我沒說他壞。」丹絹雙手環胸，「剛剛那句是讚賞。赫爾曼建立的功績，遠非一般人所能企及的。」

「或許他的人格沒他祖父那麼陰險。」布拉德沒好氣地開口，「他只是脾氣差外加萬年臭臉又自以為是。」

坐在一旁低頭偷吃布丁的洛柯羅露出困惑的表情，「這感覺是在說你耶，布兒。」

「閉嘴！」

「可是，理昂為什麼要隱瞞那些事呢？」珠月狐疑，「雖然不能干涉歷史發展，但是他早點說的話，至少能讓我們有些心理準備……」她停頓了一秒，接著開口，「準備好面對如此悲傷的結局。」

「或許是說不出口吧。」紅葉撐著頭，看向妙春，「有些事實不是那麼輕易就能說出來的。」就像是妙春身為變異之子的祕密，她還是希望隱藏到最後。

「最難過的應該是以薩吧。他一直以為夏格維斯家是恩人，一直把理昂當成朋友。」布拉德冷哼，瞥了洛柯羅面前的點心袋一眼，隨手拿起一個馬卡龍丟到嘴裡，「知道所有的真相，竟然還能若無其事地相處，以朋友的角色自居……」這樣深沉的內心，讓他感到毛骨悚然。

眾人不語，眼底充滿了惋惜和感傷。

福星皺眉。他不怪布拉德有這樣的聯想，因為事實看起來就是這樣。但他不認為理昂真的這麼心機深沉，然而一時間又想不出有利的說詞為好友辯護。

糟透了。為什麼他這麼遜！要是他有小花的千分之一伶牙俐齒就好。

「那個，」洛柯羅忽然打斷，「不好意思，我有個問題。」

「什麼？」

「你們又不是理昂，怎麼確定他知道所有的事？」

「這是他自己承認的。」布拉德開口。

「他是承認他知道啊，可是，到最後我們不是也都知道事情的發展了嗎？」洛柯羅偏頭，含著湯匙，似乎想把思緒釐清，「我是說，反正我們都知道整個事件的發展了，理昂幹嘛要承認他知情？他不是和我們在一起嗎？呃嗯，就是……噢！它下面竟然沒有放焦糖！」

「你在說什麼鬼？誰下面有焦糖？」丹絹皺眉。

一旁的珠月勾起淺笑。

福星越想越不對。

洛柯羅無心的話語，點醒了他一件事。

理昂說他知情。重點是，他什麼時候知道的呢？

「如果理昂也是逆返時空之後才知道真相的話，那根本不算隱瞞。」過去他和大家的互動、對以薩的照顧，都是出於真心的。

理昂只承認他知情，卻沒說是什麼時候知道的。或許在逆返時空後，理昂比其他人早一步知道某些訊息，但也只掌控了一小部分，並非對全盤瞭若指掌。

況且，嚴格來講，理昂其實沒有義務主動和大家透露他的所知。

而且是這麼尷尬、這麼難以啟齒的事。

「可是他又沒說。」布拉德不以為然，沒好氣地哼聲，「心裡有什麼話就直接說啊！扭扭捏捏，像個娘們一樣。」

「既然如此，男子漢布兒，」紅葉挑眉，冷眼瞥了布拉德一眼，「心裡有什麼話就直接說啊，去告白啊，說你愛她愛到要得圓形脫毛症。」

「是啊布兒。」丹絹竊笑。

「閉嘴！」布拉德低咒，制止伙伴的揶揄，然後緊張地看向珠月。

珠月一臉困惑與好奇。「布拉德有喜歡的人？」

「呃嗯……」布拉德悶悶地應了聲，低下頭。

「能被布拉德喜歡，對方真是幸運。」珠月由衷地祝福著。「他一定會很幸福的。」

「我會盡己所能的為我所愛的人付出。」布拉德抬頭，壯士斷腕般地認真開口，「所以妳——」

眾人屏息，靜觀著布拉德即將吐出的告白，猜測著得到的回應會是美夢成真、得償所望，還是幻想破滅、晚景淒涼。

「所以……」不等布拉德說完，珠月以帶著期待的口吻，小心翼翼地提問，「你喜歡理昂？」

布拉德差點被自己的呼吸噎死。

「並不是！」他大聲否認。周遭的學生回頭側目，講臺前的老教授也停頓了一下，朝布拉德投以帶有淡淡譴責的目光。

為什麼會推導出這樣的結論?可惡!

「原本在討論理昂的事，紅葉突然叫你去告白，我以為主詞是同一個話題的主角……」珠月不好意思地淺笑。

布拉德瞪向紅葉，眼神極為凶狠。

臭狐狸！他以唇語低咒。很明顯地，這是遷怒。

原本還不錯的表白時機，被女主角這麼一打亂，當下慘淡收場。

不顧伙伴間的胡鬧，福星下定決心。「我要去找理昂。」

「什麼？」眾人愕然。怎麼突然得出這樣的結論？

「理昂有什麼心事都會藏起來，然後自己默默承受。」福星低語，憂傷地望向洛柯羅面前的馬卡龍點心袋。「就像我以前養的黃金鼠小哈姆。牠的蛋蛋發炎，腫得和馬卡龍一樣大，但是牠從來不叫痛，就這樣默默地承受，最後痛苦而死。」

理昂也是，他就和小哈姆一樣，靜靜承受著痛苦，直到無法再忍耐為止。

布拉德的手上正握著第二顆馬卡龍，表情有點僵。雖然想痛罵福星舉的爛例子，但看見福星這麼悲傷，他硬是咽下不滿，偷偷將褐色小餅丟回袋中。

「如果被誤會了，為什麼不辯解？」紅葉沒好氣地冷哼，「何必把自己搞得這麼悲情？」

「他覺得自己有責任承擔。畢竟那是他祖父做的事，或許他因此對以薩感到愧疚，所以……」

「中二病。」小花冷冷地吐出中肯的評語。

珠月認同地點點頭。

「總之。」福星認真地開口宣告，「理昂是我們的伙伴。我相信他，我想直接找他問清楚真相！」

像是籠罩在頂上的沉沉烏雲被一道曙光貫穿，連日來浸泡在陰鬱中的心緒，終於浮出膠著矛盾的泥淖。

看著振奮起精神的福星，眾人緊繃的神經頓時舒緩，嘴唇不自覺地漾起淡淡的笑容。

「要我們陪你去嗎？」布拉德打了個呵欠，「窩在學園裡很無聊。」

「藍思里的信用卡還在我手上。」翡翠賊賊地勾起嘴角，「或許我們可以一起去德國，來個愉快的週末小旅行。」

「下週一要交的期中報告你搞定了？」丹絹冷冷提醒。「十頁的治癒形咒術概述和包括異能力能量流轉的計算。」

似乎是為了壓制隨著外界局勢而日益浮動的學生，所有的科目作業頓時加重了許多。

「早就完成了。」翡翠得意輕笑。

「我不是說你自己那一份。」丹絹幸災樂禍地開口，「我記得你早上才和我炫耀『作業代工』很好賺，一下就接了十幾份訂單。」

翡翠低咒了聲，露出了搬石頭砸自己腳的惱怒表情。

「不用了，謝謝你們！」福星感激地看著伙伴，「我想，有個更適合的人選，他應該會想和理昂單獨聊聊。」

SHALOM ACADEMY

Chapter02

要去別人家拜訪之前，

為什麼不先打個電話通知一下？

SHALOM ACADEMY

下課鐘一響，福星火速將桌面上的東西掃入袋中，直奔寶瓶座會客室。

會客室是有外賓來訪時等候接待的休息室，常年空著。近來被以薩的支持者借來使用，和以薩商討會議、宣達新消息，幾乎要變成南派闇血族的集會中心。

雖然這樣的作為不合規定，但因為以薩身分的轉變，加上參與了逆時任務，所以寶瓶座也就睜一隻眼閉一隻眼了。

福星在會客室門外側耳聽了一陣，確認裡頭沒有在進行會議，便輕輕地推開門。

以薩獨自坐在長桌一端的位置上，手肘置於桌面，十指交錯，額頭靠在指上。看起來像是在沉思，又像是在禱告。

「以薩。」福星小聲輕喚。

返回現今時空後，這是他第一次和以薩見面。

回來之後，以薩並未向世人宣布他在過去所看見的歷史真相。他只是更加積極地和擁戴者互動，更加主動地參與南派眾家族的會議，聽取他人意見。這對他的支持者是莫大的鼓舞。

以薩聞聲抬頭。原本蒼白帶著病氣的臉，看起來更加憔悴了些。但是，臉上浮現著以往未有的堅毅與果決。

「夜安，福星。」以薩淺笑，「感覺很久沒看見你了。」

「才五天而已啦。」福星走向以薩，逕自拉開對方身邊的椅子坐下。「呃嗯……要吃餅乾嗎？」他從背包裡掏出保鮮盒，打開，裡頭整整齊齊地擺滿手工餅乾，這是晚餐附的點心之一。

以薩看了盒子一眼，似乎本想拒絕，但遲疑了一秒，淺笑著開口，「謝謝。」他伸手拿起了塊花形巧克力餅。

「原本有抹茶口味的，那個超好吃！但是全被洛柯羅吃掉了，這些是我努力守護的僅存碩果。」福星從包中取出水壺，倒了一杯茶，推到以薩面前，「這是薰衣草茶，配餅乾一起吃簡直是人間美味！」

「謝謝。」以薩接過茶杯，輕啜了一口，接著，吐出長長的一聲嘆息。

「你好像很累。」福星關心，「南派的家族聯盟，有這麼多問題要處理？」

「因為一直有新的訊息、新的情報，所以必須隨時做出決策，隨時應變。」以薩把餅乾丟入嘴中，將茶一飲而盡，「理昂正式接掌夏格維斯家族，統御北派家族，聚集武力。這麼大的動作，刺激了新興的南方聯盟，很多人轉向激進路線。」

「理昂是為了對抗白三角才會……」

「我知道。」以薩一臉嚴肅，「他在這個時機統整家族，對白三角宣戰，動搖了不少中立派的家族，紛紛投向北方陣營，也間接影響到南方家族的向心力。」

「我覺得理昂不是為了對抗你才這麼做的。」福星忍不住脫口而出，「他不是那麼惡劣的人。」

話才出口，立即後悔。

他太過莽撞，忘了以薩不久前才目睹自己祖母的死亡，忘了夏格維斯這個姓氏對以薩而言是多麼深沉的煎熬。

但出乎意料，以薩並沒有露出不悅的神色。

「我知道。」以薩淡然低語，「乍看之下，理昂的作為，讓夏格維斯的聲望如日中天，但這個決策其實是自殺的行為。戰爭過後，不管勝利與否，夏格維斯家都必須承擔起戰亂所帶來的一切損失，以及所有悲傷與仇恨。」

沒有戰爭，眾人還能苟且地安於現狀，寄生在虛假的和平之中。

闇血族在人類社會裡大多處於中上階層，或許一時之間出於血氣之勇而投入戰事，但戰後財力和人力的損失，足以將他們打回勢利的現實。

和白三角爭戰，沒有戰後和約可簽，得不到割地或賠款，只有敵人和自己人的亡骸。

福星訝異以薩的冷靜，他以為在得知歷史真相後，以薩會對理昂與夏格維斯家深惡痛絕。

「那個……」看見以薩提起理昂時的態度平淡，福星遲疑了一下，鼓起勇氣開口，「這樣說可能會讓你不愉快，可是，或許我們誤會理昂了……」

見以薩沒有慍色，他便繼續開口，「理昂應該也是在逆返時空後才知道真相，可能只比我們早一、兩天，但是又說不出口。在此之前，他對發生在你家族的事一無所知。」

以薩不語，靜靜地聽著福星的話。

「所以，嗯……我想，嗯呃，就是……」

完了他詞窮了。接下來該說什麼？所以不要再吵架鬧彆扭囉，快點和好吧！聽起來好蠢！

長嘆一聲，以薩緩緩開口，「如果理昂和赫爾曼一樣陰險，他不會放任著我們發現真相。」

福星愣了愣，「既然你知道，為什麼——」

「我不知道要怎麼面對。」以薩眉頭深深皺起，「如果一個猶太人發現他摯友的父親曾經是納粹的中堅分子，屠殺了數萬的同胞。再怎麼理智，也很難用平常心去面對。」

「這樣講也是啦。」如果他發現自己愛戀已久的巨乳寫真女星竟然是偽娘，想起過去一起度過的漫漫長夜，應該也會寒毛豎立、無法面對吧。

這比喻好像不太對。畢竟，以薩並沒有深夜時捧著理昂的寫真集，進行深度的自我探索。

「況且，我真正不滿的，不是理昂，而是夏格維斯家族。」以薩的表情轉為嚴凜，「夏格維斯一族，為了權勢和他們自稱的正義與和諧，無所不用其極。就某方面而言，這樣的執著確實讓人敬佩。」

「呃嗯，所以……」福星抓了抓下巴，他的腦子有點轉不過來，他無法理解太過複雜的事，「所以你不生理昂的氣囉？」原本沉重而擔憂的心情，卸下了大半的重擔。

以薩遲疑了一下，搖了搖頭，肅然的眉宇間出現了憐憫之色，「理昂也是個可憐的人，被夏格維斯這道枷鎖禁錮限制著。」他低語，「夏格維斯一族，不僅欺騙世人，連自己人都騙……」

「什麼意思？」

以薩抬頭，盯著福星猶豫了幾秒，接著決定坦承，「我的探子搜集到一些消息，當初海德堡大肅清裡，眾家族損傷慘烈，莉雅．夏格維斯也在傷亡者的名單裡。」

福星點點頭，「嗯，我知道。」

理昂的個性，也是從那一刻開始扭曲，轉為冷酷，走向深沉的黑暗。

「可是，根據我的情報組傳來的最新報告顯示，莉雅．夏格維斯當時並不在海德堡。那幾日亞貝爾家舉辦盛宴，眾家族代表都前往參與，所以大家都直覺認為與會者無一倖免。但是事發當天下午，在盧森堡有莉雅的入境紀錄。莉雅的隨行侍女費希特小姐住在申根鎮，她有可能陪同對方回老家探訪。」

以薩停頓了一秒，說出了自己的猜測，「莉雅．夏格維斯可能沒死。」

「什麼?!」突如其來的消息讓福星錯愕。「那她在哪裡？」

以薩蹙眉，輕語，「我想，或許夏格維斯家的其他人知道……」

只有理昂被蒙在鼓裡。

為了讓他的心中充滿仇恨，為了將他塑造成和赫爾曼一樣冷酷的族長，夏格維斯家的長老們，聯合起來編造出這場悲劇。

確實是悲劇。但可悲的並非莉雅，而是理昂。徹頭徹尾地，被自己的親信給欺騙操控。

「你為什麼要調查這些事？」福星好奇。就算以薩對理昂釋懷，這也不是一天就能辦到的事，怎麼有辦法立即搜集到情報？

「這是我之前就派人調查的。」以薩不好意思地低下頭，「那時候，我想為伙伴做點事。」

他知道理昂在意莉雅，也知道莉雅的屍體並沒有被尋獲。他原本只是想找到莉雅的遺骸，為她舉辦正式的告別式，讓亡者安息，沒想到卻挖出超乎預想的線索。

「那現在呢？」

以薩沉默了片刻，輕輕低語，「……如果他認為我是伙伴的話。」

福星盯著內斂而穩重的以薩，赫然想起，以薩原本就是個內斂而善良的人，他對任何事長存感恩。

「以薩，我想去找理昂。」福星認真地開口，「我不想看他一個人承擔痛苦。」

「見了面之後呢？」以薩反問，「理昂現在是北派的領導者，地位已經和以往不同了。況且，他未必會想見我們。」

福星皺眉，雙手環胸，思考了一會，最終放棄這煩人的假設問題。

「不管，就是要把他帶回來。」福星以帶著點任性的堅定口吻宣告，「我們連你阿嬤的浴室都敢潛入了，溜進夏格維斯家把理昂打昏運出，根本小菜一碟！」

以薩失笑出聲。「你講得像在獵山豬似的。」

這就是福星。將複雜的事魯莽地簡單化，以倔強的天真堅持著自己的想法。看似愚蠢，卻溫暖了人。

「剛好，我已申請後天出校，要返回聖彼得堡一趟，或許我們可以同行，先到斯圖嘉拜訪理昂，進行你的擄人計畫。」

「太好了！」他會把理昂帶回來的！

看著滿腔熱血、一臉迫不及待的福星，以薩心底忽地升起一陣感慨。

「我真羨慕理昂有你這樣的室友。」

「不只是室友，是伙伴！為伙伴付出，這是理所當然的呀！」

「但如果你們不是室友，或許你們連成為伙伴的機會都沒有。因為同寢這個機緣，讓你們有機會熟識彼此，發展友誼。」以薩撐著頭，悠悠地看向福星。「如果當初和你同寢的人是我，或許會走向另一種局面。」

或許他會更早一步跳脫封閉守舊的自己，或許他的校園生活會更加精彩，或許他的生命會有所不同。

「但是我們開學沒多久就認識啦，所以沒有差別。」福星笑著拍了拍以薩的手臂，

「你們都是伙伴，一樣重要。」

「是啊。」以薩笑了笑，緩緩起身，「該走了，再占用下去，管理會客室的布朗尼下次會在椅子上動手腳。」

「是喔！」福星跟著起身，嘖嘖搖頭，「心機真重的小畜牲。」

離開會客室，福星走在前頭，他沒意識到自己的腳步如此急切，沒意識到自己嘴角綻起深深的笑容。

他很高興，以薩和理昂的心結，眼看即將化解；斷裂的羈絆，眼看即將再度連繫。

雖然外部局面危機重重，雖然自己的身邊充滿了未解的迷惑，但是此時那些煩人的事，全被拋到腦後。

外界的大風大浪與他無關，他只是個小人物，他只在乎自己的伙伴。這是比戰爭更加迫切、更加現實、更加重要的事。

他要保護他珍惜的東西。

夜深人靜。黎明前的黑暗，比午夜更沉寂靜謐，此時正是日行與夜行族裔共同的休潛時段。

連日來面對孤單的房間，讓福星總是帶著憂悶入眠，輾轉反側。但這夜他睡得很安穩，因為有了明確的目標，他要去追尋那離群的伙伴。

睡夢中，一股異樣的感覺自意識底端升起。雖然還是沉眠的狀態，思緒卻一點一點逐漸清晰，阻斷睡夢，將他推向現實。

福星緩緩睜開眼，朦朧的身影出現在他身旁。

「理昂?!」他直覺地反應，驚叫坐起。

「不是喔。」耳熟的聲音響起，「是我。」

人影走向窗前，在月輝下展露出被皓白月光渲染得蒼白的容顏。

「你是……」福星覺得這個人很眼熟，他認識，他幾乎隨口就能吐出那熟悉的名字。但是一開口，腦子卻一片空白，所有似曾相識的感覺如煙消散。

「悠猊。」少年淺笑，「你應該認得我。」

「喔對！」模糊迷茫的思緒頓時清晰，困惑頓時轉為驚喜。「你怎麼來了？」

「很久不見，來看你過得好不好。」悠猊逕自坐到床邊，「你做了不得了的事吶，福星。時空逆返可是很危險的。」

「呃，我知道，但那是意外，說起來還挺複雜的……」福星尷尬地抓了抓一頭睡亂的頭髮。

這是他第一次在樹林以外的地方和悠猊見面，而且是在這種狀況下，他有種不太習慣的感覺。

悠猊淺笑，並沒有多問詳情。因為大致的情況，他早已竊聽寒川和桑珌的談話而得知。

「你明天要離開學校？」悠猊笑問。

「嗯，因為理昂他——」

「我知道，他走了。你要去找他？」

自從時空逆返事件之後，他對福星的行蹤更加密切注意。他方才在熟睡的福星身上下了防禦咒，一旦福星遇到攸關生命的險境，咒語會自動運行，張開防禦的同時展開攻擊，並且在第一時間回報異狀給他，讓他能立即趕到現場。

這道咒語，耗損了不少體力。他告訴自己，這樣嚴密的保護，是為了自己，為了確保解印的棋子完好無損，不影響咒法運行。

絕不是為了保護賀福星而設置的。

「嗯。」福星點點頭，一臉自信，但隨即又露出了幾分不安的神色，低下了頭，「希望他願意回來……」

老實說，他很怕理昂堅決不肯一同返回。

呼應著福星的情緒，空氣中隱隱傳遞著微弱的顫動，那是凡人肉眼所看不見的能量波動。

悠猊挑眉，不動聲色地觀察著只有他看得見的靈光燦耀。

這是時機成熟的徵兆。

此時的福星就像九分滿的杯子，稍有變動，這杯子不是翻灑，就是滿溢。

再過不久，不到四日，他逆轉的關鍵、掙脫囚籠的時日，即將到來。

「別想那麼多，開心點。」悠猊伸手拍了拍福星的肩，「你一定有辦法解決的，就像以往一樣。」

「你對我還真有信心。」福星抬頭望向悠猊，由衷開口，「幸好有你。」

「為什麼？」

「這麼晚了你還特地跑來鼓勵我。」福星傻笑，「謝謝喔。」

看著福星感激的容顏，瞬間，悠猊的心底再度浮現一股陌生的感覺。彷彿一陣暖風，無形而輕柔地拂過冰冽的凍土。

「這沒什麼。」悠猊撇開頭。他沒發現，他在躲避福星的眼神，躲避那過分耀眼的單純。

「對了，你有收到我給你的東西嗎？我在修學旅行買的紀念品，放在老地方的樹下。」福星興奮地詢問，迫不及待地想知道悠猊的反應。

悠猊頓了頓，笑著搖搖頭。「沒有。」

「是喔？」期待的表情瞬間轉為失望，以惋惜的口吻苦笑安撫對方，也安撫自己，「大概是被別人拿走了，希望拿的人會喜歡。哈哈。」

悠猊盯著福星，柔聲質問，「為什麼要送東西給我？」是想討好他嗎？「你想得到什麼回報？」

「回報？」福星挑眉，好像被問了個荒謬的問題，「我沒想那麼多耶，就只是想和你分享修學旅行的樂趣啊，朋友不都是這樣嗎？」

悠猊不語。

他的潛意識告訴他，該閉嘴了。別再多問，別再多談，否則——

否則，他會對「棋子」產生不必要的憐惜……

福星盯著沉默的悠猊，有些困惑。「悠猊，你還好嗎？」

悠猊揚起嘴角，回以深深的笑靨，但眼底一點笑意也沒有。

他伸手，拍了拍福星的肩。「晚安，祝你有個好夢。」

睡意像頂厚重的帽子，猛地扣上福星的腦袋，意識幾乎被壓到最深處，隨時準備陷回方才被阻斷的夢。

「……你也是……」福星使盡全力，對著悠猊撐起笑容，囁嚅囈語，「不要……太勉強自己……開心點……」隨即陷入沉眠。

悠猊起身，看了福星一眼，推開窗，翱然飛躍入夜空之中。

他已經好幾百年沒做夢了。他不需要做夢，因為美夢必須親手去打造實踐才有意義。

此時的他，靈體已經可以全然脫離軀殼，雖然只能維持一日的時間。

再過不久就是冬至，夜至長晝至短之日。

徹底解開封印的關鍵之日。

冬季日落得早，加上連日下雨起霧，讓暮色在下午四點就已經降臨。以薩和福星趁著陰霾的天候，提早離開學校，前往機場，直達斯圖嘉。雖然其他的伙伴也想同行，但礙於局勢敏感，校方在管控學生出入校申請變得格外嚴謹。福星和以薩也是憑著寶瓶座成員的身分，才能順利出校。

「這是第二次拜訪理昂家。」福星看著窗外逐漸變遠變小的景色，喃喃低語，回想著暑期拜訪時的記憶。「有女僕呢！雖然裡面的人臉都很臭，但是餐點超棒。」

他們對外人的態度雖然差，但是對理昂倒是很恭敬。理昂就像國王一樣，受到眾人崇敬，孤高而超然地引領下屬，絲毫不會令人反感。

「是嗎。」以薩淺笑。停頓了幾秒，「下回，有興趣的話，歡迎光臨寒舍……」

「可以嗎？」福星一臉欣喜，但想起當前的情勢，還有以薩目前的身分，便心生退意。「可是這樣貿然拜訪，好像不太好……」

「涅瓦家雖然沒有夏格維斯家那麼大、那麼華麗，但是——」以薩認真地說著，「我們也有女僕，很多女僕。」

「呃……」他又不是為了女僕才去拜訪理昂的。

「如果你希望的話，我可以要求她們換上短裙、叫你主人。」以薩的表情有些為難，「但，希望你不會對她們做出失禮的事。像是全裸只穿圍裙在室內嬉鬧，或者在胸、胸口擠奶油餵食什麼的……我覺得，可能不太得體……」以薩越講，音量越低，整張臉漲得通紅。

「媽啦！我又不是變態！你把我想成什麼了！」慢著，這橋段怎麼聽起來有點耳熟？

「翡翠把你收藏在蛋捲盒的東西拿出來分享給大家。」以薩尷尬地承認，「我以為是普通的影片，所以借了一些來看……」他想要更了解福星，沒想到差點害他在電腦前失血過多而死。

「那該死的混帳奸商！」福星怒吼，「那是我上網訂購的航空版耶！難怪我總覺得有東西不見！可惡，這樣要叫他出一半的錢……」

看著勃然發怒、念念有詞的福星，以薩忍不住莞爾。他伸手拍了拍福星的頭，貼心地向空服人員叫了蛋糕和紅茶，擺在福星面前。

「這樣，開心了嗎？」

「我又不是洛柯羅……」福星拿起叉子，一口一口地將乳酪蛋糕送到嘴裡。原本嘟嘟囔囔的嘴漸漸安靜，皺著的眉頭也鬆開，染上愉悅的神色。

以薩淺笑。

雖然不是洛柯羅，但這招依然有效。

吃完點心，喝了口熱茶，福星發出一陣滿足的嘆息，看向窗外被黑夜籠罩的景色。天空昏昧無光，星月無輝，地上則亮著比繁星更加璀璨的萬家燈火。

「以薩。」

「嗯？」

「你有想過麗夫人為什麼要做那些事嗎？」福星提出了連日來的困惑，「她可以不用去幫助那些少女，不用站在人類那方爭取和平。什麼事都不做，安安分分地當個公爵夫人，這樣的人生不是比較幸福嗎……」

「人類異於其他物種之處，在於人類會不計利益地為弱者、為他人付出，把眾人的福祉視為自身的目標。這樣的情操，讓人顯得尊貴，高於其他物種。」以薩長嘆一聲，「麗擁有這樣美好的德行，但這樣的美德在特殊生命體界某些守舊派的眼裡被視為軟弱。」

自我中心、利己主義，是大多數特殊生命體的通性。

但他以她為榮。

福星皺眉，「我還是無法理解。」麗夫人太過耀眼，讓他覺得自己更加一無是處。不管身為人或特殊生命體，都只是個庸庸碌碌的小卒。

以薩淺笑，「你為什麼要去找理昂呢？你不去找他，對你也不會有任何影響，你還是可以和其他人開開心心地生活。」

「可是……」這樣說也沒錯，但是，他無法這樣。

「不只這些事。」以薩繼續說著，「一年級時，布拉德傷了你，你卻願意原諒他，和他成為朋友；丹絹、翡翠、紅葉總是開你玩笑，你也不在意；洛柯羅只會討東西吃，你還是像保母一樣照顧他；還有小柿，她在學園惹出這麼大的騷動，為什麼你要捨棄獎勵、換取她的安全？」

「呃……」福星詞窮，不知道要怎麼回答。

以薩說的那些事，對他而言是這麼地理所當然。就像是突然問他，為什麼要用鼻子而不用嘴巴呼吸一樣，令人難以解釋。

「還有我。當年我只是個陰沉又封閉的無名小卒，你可以無視我，和其他人同組，或者自己完成任務，為什麼要來找我合作？」

「呃，這個嘛……」他沒想那麼多。

一年級時的以薩看起來陰森沉默，是班上的邊緣人。他在獨來獨往的以薩身上，看見了自己當年的影子，那個被他人排擠、冷落的自己。

總覺得，不能和其他人一樣，忽略無視以薩。

「是出於利益嗎？」以薩反問。

「當然不是！」

「那是為了什麼呢？」

「我不知道。」福星遲疑地開口，「就覺得……不能不管……」

「我想，麗夫人也是。有很多事，不去做，對自己沒有益處或損失；做了，反而會給自己帶來風險和危機。但是出於某種高貴的情操和理想，她堅持走這條和他人不一樣的道路。」以薩悠悠低語，「你和她一樣。」

福星聞言，呆愣數秒，耳根子漸漸漲紅。

「你也太誇張了吧！我哪有那麼偉大！」他故作豪邁地大笑幾聲，彷彿是聽見什麼笑話，用力地拍著以薩的肩。「我只是個膽小鬼而已啦，哈哈。」

以薩微笑，不語。

他知道福星不是膽小，而是沒有機會，沒機會讓所有的人了解他的單純與良善。他相信，如果面對巨大的變動，福星也會像麗一樣，為了他人的幸福而獻出自己。

「等理昂回來，也快聖誕節了，到時我們來交換禮物吧！」福星很不好意思，趕緊顧左右而言他。

「好。」

「得好好把握時光呀。」福星繼續說著，「過完聖誕節，馬上就是新年連假，然後就是下學期。」

接著就是畢業。

接著就是分離。

一股帶著酸楚的不捨襲上思緒，像一根冰冷的針扎向頸子一樣，令他打了個顫。

以薩看出福星內心的鬱悶，伸手拍了拍他的頭。「離開，不是終結，而是另一段路程的啟始。」

「喔……」他知道，但不想面對。

「你會因為畢業就忘了我們嗎？」

「當然不會！」就算見不到面，就算不在一起，他們之間的羈絆也不會因此消失！「那有什麼好擔心的。」以薩由衷地說著，「面對新環境才會有所成長，我很期待分離之後，在未來的某一天，與全新的福星相遇。」

「啊呀幹嘛說這種話啦。」福星不好意思地轉過頭，「搞得好像純愛遊戲裡青梅竹馬的約定喔。」

以薩輕笑，然後有點害羞地低問，「你說的是，〈鬼畜調教〉那個遊戲裡的橋段嗎？」

「並不是！」該死的翡翠！他絕對要和這奸商索取名譽受損的賠償金！

下了飛機，涅瓦家的僕役早已在機場外頭等著。紋著家徽的藏青色轎車，靜候在外。

坐上車，車內不太靈光的空調系統，緩緩地吐出半冷不熱的暖氣。車內的低溫，讓福星忍不住拉緊衣領，縮起身子。

「我家的車沒有夏格維斯家的那麼豪華。」以薩略微歉疚地開口。

「別這麼說！我覺得很棒！你沒看過我爸的老爺車，那根本是移動廢墟。」

那輛開了三十多年的黑色轎車，早就可以淘汰，但摳門節儉的賀玄翼硬是不肯換，極盡所能地維修，還附加了一堆咒語上去。每次發動時，排氣管都會發出水屁般的噗噗聲響。破爛老舊的車體明明看起來快解體，但是因為加速咒的關係，讓車子擁有噴射引擎般的效能，開在臺三線上，連飆仔都會甘拜下風。

聽著福星的敘述，以薩淺笑。

兩人在車上閒聊著，忽地，福星發現，以薩的回答漸漸變得簡短，似乎被其他事抓住心神。他看向窗外，外頭白雪靄靄，筆直的道路上，兩旁是茂密的樹林。

理昂家的位置雖然在近郊之處，但好像沒有這麼偏僻……

以薩的表情變為冷肅，但仍不動聲色。他對著福星揚起淡淡的淺笑，接著悄悄地從口袋掏出利刃，默默地塞到福星手裡，強迫對方握緊收下。

「以薩？」福星不解。

以薩回以溫柔而堅定的笑容，隨即轉頭，輕聲問著駕駛座上的人。「你是新來的司機？」

「是。」背對著以薩，對方以平板而冰冷的語調回應。

「前任呢？」以薩將手向下伸，移到長靴旁側。

前座沉默了一秒，發出一聲輕笑，「在後車廂裡。」

對方話語方落，以薩立即抽出藏在靴側暗袋裡的細長錐針，朝著前座刺去。尖錐刺穿椅墊，貫穿了座上的人。對方發出慘叫，車子失去控制，向路旁失速滑行，撞上路燈而停下。

「快走！」以薩踹開車門，拉著福星跑下車。

前座的刺客發出刺耳的咆哮，但被釘在椅墊上無法動彈。然而，尾隨在後的幾輛車紛紛停下，手持武器的追兵自車內竄出，緊跟在後。

「該死！是夏格維斯家的刺客！」以薩緊握著福星的手，快步朝林子深處狂奔，「理昂想把我們趕盡殺絕?!」

「不！他們不是理昂派來的！理昂並不知情！」福星死命跟上以薩的腳步，邊喘邊為理昂辯解。

「都這種時候了你還幫他講話?!」

「因為我暑假時也被這群人的同黨攻擊過！」福星大吼。

這話語讓以薩愣愣，腳步稍微放慢。

「修學旅行時，被白三角殺死的闇血族，原本是來暗殺我的。」福星深吸一口氣，吐出真相。「他們覺得我的存在會妨礙理昂，哈哈。」

真是太荒謬了，他並沒有這麼了不起，並不值得這麼大陣仗地對待。殺雞焉用牛刀，對他這種弱雞，用指甲刀就能KO……

「理昂知道嗎？」

「我沒和他說……」

以薩咬牙，既惱怒又不捨。

追兵雜沓的腳步逐漸逼近，以薩向後望，黑色的人影已隱約可見。

看來，逃不掉了……

以薩抽出腰間的長刃，擺出攻擊的架勢。他低下頭，對福星輕語，「你先走，這裡交給我。」

福星勃然駁回，「不行！」

「別任性了。」以薩耐著性子勸告，「他們快來了，別浪費逃跑的時間。」

「你才別任性！」福星怒吼，「留下來的話必死無疑！」

「既然知道，還不快走？」以薩有點生氣，「你留下來對情勢一點幫助也沒有。」

「那一起走啊！既然你這麼強，保護我啊！幹嘛非留在這裡不可！」

「因為我不想看見你受傷，看見你死亡！」以薩回吼，接著，立即露出抱歉的神色，以哀求的口吻低語，「求你，快走，好好活著……」

看著以薩，福星的內心被不忍和悲傷席捲。

他也不想看見伙伴受傷，不想看見伙伴死亡，不想讓任何人因為自己而悲傷。

是時候了。他知道，該怎麼做。

雖然這個決定，可能會讓他無法再見到伙伴，但是此刻他別無選擇。

「不要擔心，該逃的是你。」福星長嘆了一聲，停下腳步，將手伸入口袋，摸著那冰冷的鈕釦，然後按下。

「福星？」福星的平靜和超然，令以薩不安。

「以薩，繼續跑，跑越遠越好。」

「要我丟下你，不如叫我直接去死！」

「你要躲的不是夏格維斯的刺客。」福星伸出手，拿出金釦，「白三角要來了。」

「為什麼你知道？」

「這釦子是白三角的人給我的，裡面有發信器，我已經按下去了，他們馬上就會趕到。」福星苦笑，坦承隱藏已久的祕密，「在聖彼得堡時，白三角的人是為了保護我才殺了那些刺客。」

以薩詫然。他沒想到真相竟是如此。

「我根本不是什麼英雄。這不是我憑實力搶來的，而是別人施捨給我的。哈哈……」終於說了。原來，坦白自己的軟弱，是這麼容易、卻又這麼痛苦的事。

「但是——」

「我的朋友在白三角裡面，他們不會對我怎樣。」福星揚起笑容，「你快走，再不走我們都會遭殃！」

他打開背包，抽出一個透明拉鍊袋，裡頭放著一張符紙，「這個給你，這是翡翠之前用半價賣給我的馭風符，可以乘風飛翔離開。那傢伙雖然奸，但至少還有點商業道德，不會賣假貨。」

以薩盯著福星片刻，判斷出對方所言不假。「你真是亂來的傢伙……」

「等你們來幫我善後囉。」福星笑了笑。

以薩咬牙，抽出符紙，吟咒。符紙的一角燃起輕煙，輕煙盤旋，颳起狂風，包圍著以薩。

「我會去找你的！」以薩對著福星，認真宣誓。

福星朝著以薩揮揮手，接著立即往以薩離開的反方向奔跑。

他奔跑了一段，立即與追兵碰頭。夏格維斯的殺手們看見福星自動折返，微微錯愕。

「怎麼，放棄了？」為首的男子蒙著面罩，輕蔑地看著福星。

「是啊。」福星勉強自己不露出害怕的神色。他不知道白三角的人什麼時候會趕到，不知道自己是否能撐到救兵抵達。

「克斯特家的餘孽呢？」

「變成風，飛走了。」

對方揮刀，冰冷的刀刃貼上了福星的頸子。

「不想死得痛苦的話，最好快點說。」

「哼哼，勸你最好別輕舉妄動，我老爸可是和里長伯很熟，他還認識立委呢！」可惜立委不認識他。

福星使勁耍嘴皮胡亂扯。多拖一秒是一秒，他在為以薩爭取逃離時間。

「你以為不靠你，我們就找不到他？」男子冷哼，「趁我還有耐性，說出他的位置。」

「該跑的是你們。」福星咽了口口水，「等一下會有援軍，我覺得，你們快點走會比較好……」

他想起西薇雅一行人慘死在白三角與咒靈手中的情景。即便眼前的是敵人，他還是不希望看見生命的消逝。

對方發出不屑的蔑笑。「克斯特家的情報落後得很，等他們意識到出事，你們的屍骨早已腐化了。」

「真的，最好快點走……」福星顫抖著開口。他感覺到，異常的氛圍和氣場正逐步逼近，空氣裡震盪著詭譎的騷動。

男子皺眉，露出了不耐煩的表情。

「沒用的廢物。」語畢，高舉刀刃，瞄準賀福星的心窩，準備刺去。

福星反射性地閉上眼，雙手擋在身前，縮起身子。

預期的疼痛並未傳來。他緩緩睜開眼，一道火紅的影子站在自己與刺客中間。

放下手，只見夏格維斯的殺手們面露驚恐之色，畏懼地瞪大了眼。

福星將目光轉向那紅色的身影。

黝黑有如黑檀木的長捲髮，蒼白纖細的玲瓏背影。柔潤光滑的頸子上，卻被一道醜陋的疤痕貫穿而過。豔麗的側顏，原本嵌著清透雙眸的眼，被布滿符紋的布條蒙住。

他認得這道人影。在過往的時空之道中相遇、被惡意摧殘的高嶺之花。

麗・克斯特，化為咒靈的美麗凶器一如初見時優雅，只是那雍容的溫柔已不見，取而代之的是令人不寒而慄的妖異譎豔。

不給敵手思索反抗或逃亡的時間，紅豔的身影立即展開攻擊。有如曼舞一般，張手旋身，穿梭在人群間，以帶著致命咒毒的尖銳指尖，劃過敵手的咽喉。

「啊！」慘厲的嘶吼隨之響起。傷口不深，但全染上不祥的深紫紅，彷彿腫潰的瘡肉。

「斬斷她眼睛上的咒條！」為首的闇血族迴避開麗的攻擊，大聲宣告指令。

其餘的人馬聞言，立即朝麗的臉發動攻擊。然而，卻被麗翩然躲過，更多的人在攻擊時受傷。

眼見手下一一潰敗，男子再度發令，「撤——」

然而這決定下得太遲。逃亡的腳步才剛踏出，冰冷的指尖自身後無聲竄出，在頸上留下灼熱的傷痕。

不到五分鐘的光景，劍拔弩張的氣氛化為死寂。頂尖的闇血族刺客們，全癱倒在地。

福星站在原地，屏息不敢妄動。一切發生得太快，讓他的心弦仍繃得死緊。

他低頭看向倒地的闇血族刺客，發現這些人雖然身受重傷，但尚存一息。緊張的心緒，此時才稍稍放鬆。

福星抬頭，望向那靜佇在自己面前、側身對著自己的美麗身影。

「麗……？」福星試探地開口。

咒靈不語，靜靜地站立，像空洞的人偶。

福星忍不住走上前，遲疑了片刻，伸出手觸碰對方，刺骨的寒意自指尖傳來。

他發現，冰冷僵硬的臉龐，嘴角竟漾起微微的笑容。既是懷念、又是惋惜的苦笑。

福星詫異。

她有意識、有感覺嗎？她還記得他嗎？記得在過往的時空中，曾經相遇過的回憶？

福星本想開口詢問，但自遠而近的引擎聲抓住了他的注意。

三輛銀白色的廂型車，霍然從雪林裡竄出，環繞在周遭。車門拉開，一個個穿著雪白軍服、臉戴面罩、手持槍械武器的武裝人員躍下車，在福星外圍團團繞成一圈，武器對著福星，戒備而謹慎地盯著他及麗。

「你是誰？」胸前別著銀徽的男子向前一步，對著福星發出質詢。

「求救的人。」福星高舉金釦，「是我按下鈕釦。這是斐德爾給我的。」

男子審視福星片刻，緩緩地走向他，看著福星手上的金釦，確認真偽，接著放下武器。其餘人馬也隨之收起武器、卸除戒備。

「我是約爾。」男子操著帶著口音的英語，撤下面罩，露出深邃的輪廓，看起來和斐德爾年齡相當，卻沒有斐德爾的和善，而是有著軍人般的冷肅。

「我是賀福星。」福星以不太流利的英語開口，說完，停頓了一下，補了一句，「我是，呃嗯，斐德爾的……朋友……」他希望這樣講會對自己接下來的處境有些幫助。

「或許吧。」約爾冷淡地轉身，逕自走向自己的車，「第十三號特案，你確實是他注意的對象。」

坐上車，福星透過車窗，看見其他隊員將癱倒在地的闇血族，一一抬上擔架，運入車中。

淨世法庭的成員引導福星走向車輛。沒有和約爾同車，讓福星暗暗地鬆了口氣。

第十三號特案？是在說他嗎？斐德爾也在注意他？

福星微愕。

「你們會拷問他們嗎？」福星擔心，白三角會使用殘酷的方式逼問那些人，問出闇血族的據點，問出夏洛姆的位置……

雖是來刺殺自己的凶手，但他仍對他們可能會面臨的處境感到擔憂。

「他們有其他更有效的使用方法。」

福星很好奇，但不敢多問。

他將目光移向那始終昂然佇立的紅色身影。幾個白三角的成員站在她身旁，將烙著符紋的鐵圈，銬上那雪白的頸項。

接著，將那嬌豔的身軀放入鏤滿咒語、有如棺材的美麗玻璃箱。每個人的動作都小心翼翼，不知是出於尊敬，還是恐懼。

車子發動，窗外的景色開始向後流動，帶著福星前往茫然的未來。

福星回頭，張望遠方的山嶺。猜想著，或許夏洛姆就位在那群山中的某一個角落裡。

這一次，他還回得去嗎？

Chapter03

內心之秤再度擺盪，傾向彼方

夜間八點，闇血族活躍的時刻。

夏格維斯堡燈火通明。鑲嵌在古典城堡裡的冷色調現代化會議室，北派家族聯盟的八位主要代表人，肅穆地端坐其中，恭敬地聆聽著召集者理昂·夏格維斯的發言。

「……這是歐陸地區，受白三角襲擊地點的分布圖。」理昂望向身後巨大螢幕所投映出的地圖，紅色的點散布其上。「很明顯，以西歐、南歐最密集，接著向東歐、北歐遞減。」

「如果按照這張圖，紅點出現最密集之處是在巴黎和柏林這兩區，所以淨世法庭本部是在這兩處其中之一？」

「不。巴黎和柏林本來就是特殊生命體密集活動的地點，相對地，受襲擊的比例也會偏高。」理昂冷靜地說出自己的推斷，「重點不是次數，而是出現的時間。」

「什麼意思？」

理昂按下鍵盤，紅點旁多了些數字。

「白三角並不會一開始就集體行動，他們會先派出兩、三個人當餌，確認特殊生命體的存在，發動初步攻擊，並對本部送出求援的警報。很多特殊生命體都以為自己控制住局面，卻被忽然出現的大量援軍擊敗，錯失了逃離的時機。」理昂停頓了片刻，接著開口，「這些數字，是從初步遇襲時，到援軍出現的時間。」

以新的角度觀看，既有的假設立即推翻，更加接近呼之欲出的真實。

「靠近梵蒂岡西南部這一區，援軍出現速度最快，大多在十分鐘之內就抵達。」

畫面上，梵蒂岡西南隅不顯眼的角落，被紅圈圈起。

「偵查部隊已經前往搜尋線索，五日內就能確定所在地。」理昂朗聲宣告著，「屆時，便是始戰之日！」

士氣頓時昂揚。每個人的眼底，充滿了躍躍欲試的期待。

「才接掌一週就有如此成果，理昂．夏格維斯確實有身為君主的潛能……」

「是啊，和赫爾曼不相上下！」

「聖戰！這是屬於特殊生命體的聖戰！」

眾人的讚賞不絕於耳，但聽在理昂耳裡，卻像尖銳的針，一陣一陣刺著他的心底。

聖戰？他不認為這場戰爭有那麼崇高的價值。

他並不想和赫爾曼相提並論，但他卻和赫爾曼一樣，操弄著人心，實踐自己的目的。

他回頭，目光正好和羅倫佐對上。對方的眼底充滿複雜的情感，既是欣慰，又是不安。

看著以王者之風統御眾人的理昂，羅倫佐對主子的才能感到讚賞，同時對他帶著報復的目的感到惶恐。此外，更讓他感到不安的，是派去刺殺以薩．涅瓦的刺客，至今仍未回報消息。

「有關淨世法庭內部的——」

「砰！」會議室的大門被粗魯地撞開，撞向牆面，發出震耳聲響。

回首，只見肩扛火銃的修長身影，率領著一隊重武裝人馬闖入。驚愕惶恐的神色浮現在眾人眼底，連理昂都詫然挑眉。

以薩帶著歉意的客套笑容，輕聲開口，「抱歉，顧不得禮儀，因為有些重要的事必須立即處理……」

「你這是和我宣戰？」理昂冷聲質問。

以薩淺笑，「是很想，如果你接下來的表現仍舊無能的話。」

「放肆的傢伙！」羅倫佐斥喝，「這是惡意襲擊！守衛呢?!」

「看門的那些傢伙太囉嗦了，我讓他們稍微睡一會兒。」以薩微微彎腰，表示歉意，接著柔聲低語，「原來夏格維斯堡的警備如此『柔和』，這樣看來，克斯特家實在崛起得太遲。」

「你——」羅倫佐狂怒，眼睛化為危險的殷紅。

理昂舉起手，示意羅倫佐安靜，冷靜地詢問，「你來這裡的目的是什麼?」

「賀福星被白三角的人帶走了。」以薩直接切入重點，「闇血族的刺客剛在前往這裡的山林裡狙擊我們。」他以深沉的眼神瞥了羅倫佐一眼，「刺客都被白三角殲滅，賀福星被帶走。」

理昂愣愕。震驚、憤怒、擔憂、恐懼，深刻而強烈的情緒，毫不掩飾地浮現眼底。

看見理昂的反應，讓以薩的怒意下降了許多。

「你要繼續這幼稚的贖罪或是復仇，我不管。」以薩一步一步走向理昂，「我只問你一個問題。留在這裡，或是回夏洛姆？」

「為什麼要回夏洛姆？」

「這是福星的期望，也是我們離校的目的。」以薩有點不耐煩，「總之，回學園找人手幫忙，會比耗在這裡更有幫助。」

理昂環視在座的人，累積在心底的責任感和罪惡感使他猶豫，「我留在這裡也可以安排人馬去救他——」

「得了吧，就是你的人馬攻擊我們。」以薩直接戳破，「你打算派饑餓的豺狼去保護羊隻？」

理昂咬牙，回首以譴責的目光望著羅倫佐。

他明明告誡過他的族人，不要對賀福星和克斯特家出手；他明明滿足了族人的期望，達成他們的要求；他明明得到了承諾……

結果，他仍然只是個空有虛權的傀儡？

「夏格維斯家有哪個是可以信任的人？」以薩淡然提醒，「血緣和伙伴，哪邊才是可信的？」

「你少在那裡挑撥離間！」在座的元老之一勃然大吼，但當以薩將火箭筒的砲口對向他時，立即噤聲。

「克斯特少爺，別忘了夏格維斯家對你們的恩惠。」羅倫佐提醒。

「赫爾曼・夏格維斯對麗・克斯特做的事我已經都知道了。克斯特家會找時機，好好回報這份恩情。」

以薩冷聲低吟，滿意地看著對方露出謊言被掀開的慘淡表情。他望向理昂，繼續說著，「選擇權在你，我尊重你的選擇。我相信，不管你最後的抉擇為何，福星都會笑著接受……」

理昂沉默不語，看著會議桌兩側的人。支撐著夏格維斯家的北派各家族族長，創建維繫夏格維斯家運作的元老們，瞪大了眼，以混雜著不安、恐嚇的目光，盯著理昂。

夏格維斯家族，闇血族的地下皇室，由先祖赫爾曼打造的王國，如今命懸一線。最終的支點，繫在此時此刻，新繼任的領導者——理昂・夏格維斯手中。

他的選擇，不只關係到賀福星的安危，也關係到夏格維斯帝國的存亡與崩毀。

這個抉擇，很難。他的責任感和他的期望各執一端，拉扯著他的心。

理昂平靜的表面下，隱藏著劇烈的糾纏鬱結，撕扯扭轉。

以薩看了遲疑不語的理昂，發出一聲極短、帶著惋惜的輕嘆，接著轉身離去。嚴重毀損的門扉無法闔上，傳來逐漸遠去的跫音。會議室裡的人如夢初醒，羞憤和惱怒充塞內心。

「太過分了！這是宣戰！」

「果然是罪孽魔女的子嗣，所到之處即是叛亂和悖逆！」

「趁南方那群烏合之眾還沒穩固，盡早鏟滅！」

「夏格維斯大人，請下令出兵——」

理昂舉起手，淡然地制止了眾人的激烈發言。

眾人盯著理昂，看著那靜默不語的領導者，等著他宣告聖諭。

理昂環視在座的所有人，看著對方眼中殷切的神情，看著那亟欲報復、彷彿鬥獸的眼神，他突然有種荒謬可笑的感覺。這些人什麼也不懂，明明活到七老八十了，卻像孩子一樣幼稚。

「夠了。」理昂輕喚。「今天的會議就到此為止，接下來靜候指示。」

眾人面面相覷，對理昂沒有向克斯特家做出懲處感到不滿，但理昂這幾日的表現卻又傑出到令人懾服，因此眾人沒多說什麼，各自順從地離席。

偌大的廳堂，只剩理昂及羅倫佐主僕二人。

理昂走向窗邊，靜靜地盯著窗外，看著一輛輛名貴轎車載著賓客離去，看著夏格維斯前庭的花園，以及中央立著天使雕像的水池。

很多的回憶閃過腦海，住在這棟華麗城堡、華麗牢籠裡的回憶。

看著理昂不發一語，羅倫佐也保持沉默。他心裡有點不安，但歷盡滄桑的剛毅臉上，仍保持著冷靜。數百年來服侍夏格維斯家的經驗，練就了羅倫佐臨危不亂的功夫。即使下一刻，他的主子突然抽刀劃破他的咽喉，他也不會吭聲。

夏格維斯家的僕人，從生至死都是夏格維斯的所有物，任由主子處置。他相當認分認命。

「羅倫佐。」理昂喚聲，仍背對著對方。

「是。」羅倫佐恭敬地應聲。

「你為夏格維斯家族做了很多事。」

「不敢當，這是我該守的職分。」羅倫佐困惑，不明白他年少的主子心裡在想什麼。

他預期理昂會憤怒、會懊惱、會恨他，但眼前的情景，似乎與他預想的畫面有些出入。

「你做得太多了，多到我不知道自己的存在、自己的作為對這個家族是否有意義。」

「您是夏格維斯正統的繼任者，您的才能眾人有目共睹。」

「我不這麼認為。」理昂轉身，「我不適合留在夏格維斯。或者任性一點地說，夏格維斯家不適合我。」

羅倫佐皺眉，「您這番發言有失身分。如果您不適合留在夏格維斯，那麼誰能——」

「你。」理昂果決地打斷羅倫佐的話語，「夏格維斯家，由你來管理比較適合。」

羅倫佐瞪大了眼，頓失方寸，露出驚愕的表情，「什麼?!」

「這裡的一切，不是我想要的。」

「那麼您想要什麼呢?!」

「我想做我想做的事，和我認同的人在一起。」理昂丟了個似是而非的回答。

「您不能如此不負責任。」

「那麼我問你，」理昂冷冷質問，「戰爭、復仇、權力、利益，這些都是夏格維斯所需要的？」

他們根本不知道自己想要什麼，盲目追尋著自以為渴望的東西。或許，當他們一旦正視內心，將會發現自己的生命是多麼地空虛，多麼地可有可無……

羅倫佐遲疑了一秒，「我只是個下僕，無法回答這個問題。」

理昂輕笑，「我不想成為濫用他人信任、利用族人的領導者。」他不想和赫爾曼一樣。

「為了利益及生存，有些手段是必要的。總有一天您會習慣。」

「就像赫爾曼一樣？」

「是的。」

「如果我和赫爾曼一樣的話，」理昂臉色一凜，露出濃烈的殺氣，「羅倫佐，你擅自在我背後搞的那些小動作，足以讓我把你綁在天臺，讓烈日將你曝曬至死。」

羅倫佐不語，但額角悄悄冒出了冷汗。

理昂側身，轉頭望向花園。

「以前你常帶著我和莉雅，在夜裡的花園裡野餐賞月。」他悠悠地回憶著數十年前的往事，「父親死了之後，夏格維斯家幾乎是你一手撐起。」

他的父親安德烈，在年老時才娶妻生下他與莉雅。當他們兩人年齡尚幼時，雙親便在二十世紀初的戰亂中壯烈犧牲。是羅倫佐一手接下養育者的工作，教養著夏格維斯家的遺孤成長。

「這是我應該做的。」羅倫佐低語，腦海中天真無憂的歲月被喚起，讓他的臉不自覺地轉為柔和。

「一再容忍你，並不是因為你有利用價值。」理昂輕聲低語，「而是因為我把你當成家人。」

羅倫佐愣愣，不可置信地看著理昂。他立即強迫自己恢復冷靜。

「您這樣想有失身分，理昂少爺。我只是個下人。」羅倫佐一板一眼地開口，「這幾天的會議讓您太過疲累，我會吩咐侍女為您更衣沐浴，讓您可以好好休息放鬆一番……」

理昂閉上眼，發出一聲嘆息。被馴化已久的鷹犬，是無法談論感情的。他為此惋惜，是夏格維斯家將羅倫佐馴養成只懂服從的機器。

他無法說服任何人。

不管怎麼做，他總是無法讓他人滿意。既然如此，他只要滿足自己的想法就夠了。

睜眼，理昂霍然轉身，不顧羅倫佐詫異的神色，逕自穿過長桌，一步一步，朝大門走去。

「理昂少爺！」

理昂不理會對方，繼續著自己的腳步。

「您不能這樣一走了之！夏格維斯家，還有北派的家族聯盟需要你！」

「不，羅倫佐，我相信你會做得比我好。你能背著我做出這麼多事，領導夏格維斯相信也很得心應手。」理昂看也不看羅倫佐，穿過大廳。「這次要麻煩你幫我善後了。」

「您以為離開夏格維斯，還能過得這麼順遂？」羅倫佐出聲威嚇，「您知道夏格維斯家的能耐。離開夏格維斯，您什麼也沒有！其他元老們也不會善罷甘休的！」

「我曾擁有過什麼東西嗎？」理昂冷笑。走到門邊時，他回首，以極森冷的語調，拋出有如鋼琴線一般，既細長，又銳利的警告，「我知道他們的能耐，他們也知道我的能耐。」

「少爺……」

他的少爺變了。他知道這樣的轉變，對闇血族而言，並不是好現象。

但是……

「我把你當成家人。」

為什麼他的內心會有種既溫暖又酸楚的感覺？

「為了夏格維斯，有勞你了。」理昂停下腳步，微微低下頭，「等我把事情處理完，或許，我會回來……」他許下不知是否能兌現的承諾。

他不知道自己是否有機會歸返，對手是白三角，很有可能一去無回。

斬斷支撐著傀儡的絲線，他就無法走得順遂，但即便是苟延殘喘、狼狽不堪地爬行，至少那是他自己走出來的道路！

莊嚴肅穆的雪白教堂，是淨世法庭本部。神聖純潔的宗教聖殿，雕著聖繪的大門以堅固的鋼板製成，數支監視器安置在周遭往來通道，以及外圍的梁柱之間。

福星隨著約爾穿過大門，穿過重重走道，來到斐德爾的辦公室。

門扉開啟，帶著笑容的斐德爾迎面而來。

「好久不見。」斐德爾親切地以華語向福星開口。

「嗯，是啊……」

約爾對斐德爾使了個眼色，斐德爾點頭。

「抱歉，稍等我一會兒。你先進裡面休息。」

「喔，沒關係！你慢慢來。」

步出辦公室後，約爾立即以機械般不帶感情的語調，向斐德爾報告。

「第六小隊收到緊急召令後，三分鐘內便整裝出動，在斯圖嘉近郊雪林中尋獲發信者。已制伏了攻擊特案十三號的陰獸八名，並全數回收，送往第三實驗室。」

「做得好。」斐德爾讚賞。

「麗由咒靈師送回禁制兵器庫。」約爾停頓了片刻，「我第一次看見禁制兵器庫裡的武器。」

「你似乎不太高興？」斐德爾淺笑，「對我的做法感到不滿嗎？」

「下屬沒有質疑上司的權力。」約爾淡然開口。對長官絕對服從，是優秀軍人的特質。

「賀福星是特別的存在，他值得受到這樣的守護。」斐德爾鄭重地補了一句，「絕非出於私人情感。」

「您說了算。」約爾如此說道，表情卻不以為然。

斐德爾笑了笑，「退下吧。」語畢，轉身步入辦公室。

推開門，只見福星正站在長桌旁，盯著堆滿重要文件的桌面。

斐德爾緩緩走向福星身後，不動聲色地詢問，「在看什麼？文件裡有引起你興趣的東西嗎？」

「這些都是外文，我哪看得懂啊。」福星自嘲地輕笑，沒發現斐德爾話語中的質疑，「只是覺得，奶茶很香。」

斐德爾看了桌上冒著熱氣的杯子一眼，微笑，笑自己多餘的戒心。「薄荷奶茶，要來一杯嗎？」

「喔，不用了，謝謝！」福星笑著婉拒。

這帶著清新香氣的甜味，讓他想起嗜吃甜食的洛柯羅。

每次吃完飯，洛柯羅都會來一杯奶茶，各種口味的奶茶，巧克力奶茶、俄羅斯奶茶、香草奶茶、泰式香茅奶茶，反正一定要有奶又有茶就對了。

理昂是黑咖啡，翡翠是果汁或花草茶，丹絹是烏龍茶，布拉德是牛奶，珠月是溫開水，紅葉和妙春則是含酒精的碳酸汽水——他都記得，記得伙伴喝的飲料，記得每天晚餐大家聚在一起吵吵鬧鬧吃飯的時光。

福星甩了甩頭，將這些念頭甩去。不然，越想會越悲傷，他不想再落入自怨自艾的輪迴裡。

「好久不見。」

「嗯，是呀。應該有四個月了呢。」

再次見到斐德爾，福星的內心很複雜。他不討厭斐德爾，斐德爾是好人，但如果可以的話，他寧可不要再見面……

「謝謝。」

斐德爾突然道謝，讓福星不解。「為什麼要道謝？」

「因為你信任我，用了那個金釦。」

福星忍不住自嘲一笑，「我才該道謝吧，被救又沒什麼了不起的。」

「這次又遇到什麼事？」斐德爾露出嘖嘖稱奇的表情，「被八名陰獸圍剿，真是不得了吶。」

「大概是我的存在讓一些人不爽吧。」福星乾笑著打哈哈，「不是我自誇，我還頗白目的，常常不自覺地得罪人。」

「你得罪的都不是人。」斐德爾淺笑，「這次又是斯圖嘉，我們第一次相遇就是在宮廷廣場附近呢。」

「是呀。」那時候他根本沒想到，從街頭流氓手中救他脫困的人，竟然是特殊生命體的死敵。

命運的安排真的很奇妙，他無法理解……

「除了德國，法國馬賽、俄羅斯聖彼得堡，你遊學的範圍真的很廣。」

「哈哈，是啊。」福星知道自己的藉口破綻百出，斐德爾早已看穿，只是不戳破。他也知道自己沒太多時間可以隱瞞。

「不用緊張。」斐德爾溫聲安撫，「你是重要的客人，不必這麼提心吊膽，放輕鬆點。」

福星有點尷尬。他的表情是有多僵？連斐德爾都看出他的惶恐。

他勉強壓下不安，轉移話題，讓自己無暇胡思亂想。

「那個……剛剛來救我的咒靈，她好像不太一樣？」福星提問，企圖表現出自己的問題只是單純地好奇。

斐德爾看了福星一眼，淺笑。

身為「遊學生」的賀福星，為什麼知道「咒靈」這個名詞？

看著絲毫沒發現露出破綻的福星，斐德爾也不點破，他不想讓福星再度陷入不安。

「那是始祖咒靈，代號是麗。」斐德爾侃侃而談，「金釦上附有召喚的咒語，為了守護上級執行官的安全。」

只有兩個人有召喚麗的權力。一個是身為咒靈使的他，另一個是宗長。

福星詫異地眨了眨眼。

原來斐德爾送給他的是這麼貴重的東西，竟然搭載了「召喚以薩阿嬤」的功能⋯⋯

「幸好我沒有亂按。」福星傻笑，一想到自己竟然把這麼重要的東西隨便放在口袋裡，不禁暗暗地為過去的自己捏了把冷汗。

斐德爾微笑，「幸好派得上用場。」

「那個麗，她很特別。很⋯⋯漂亮，而且很強⋯⋯」

「麗是由五十八代宗長親手製成。更重要的是，她是唯一一具以非人類靈魂製成的咒靈，這也是她的破壞力比人類靈魂來得強的原因。」

「五十八代宗長？」是指瑟芬嗎？

「第五十八代宗長名為瑟芬，被封為鐵血煉金聖者。咒靈是由瑟芬宗長所創造，不只咒靈，淨世法庭警備部所使用的大多數咒語、符紋和法器都是由他所研發。在此之前，淨世法庭的攻擊都是以兵器為主，並且得屈就尋求異教的巫師協助。瑟芬宗長擁有超於常世的知識，他帶領淨世法庭的規模和實力向前躍進。」

斐德爾露出崇拜的表情。身為淨世法庭的執行長兼實驗部長，他對瑟芬的智慧非常敬畏。

「是喔⋯⋯」

「瑟芬宗長是個傳奇性的人物，淨世法庭花了近三十年才找到他，將他接回聖庭。通常宗長繼任者邁入青春期時，淨世法庭的聖儀便能感知到他的位置，但是瑟芬宗長一直到將近五十歲時才被尋得。」

斐德爾停頓了一秒，「那時候他已將麗帶在身邊了。據說這個咒靈是他親自收伏的魔女，宗長潛伏策畫了許久，才將她消滅、製成咒靈。以陰獸製成的武器消滅陰獸，這對淨世法庭是很大的鼓舞。」

「並不是這樣的！」福星忍不住開口駁斥。

麗夫人是瑟芬深愛的人，他會將麗做成咒靈，是因為想將心愛的人留在身邊。即使只剩軀殼。

斐德爾挑眉，「你知道瑟芬宗長的事？」

福星意識到自己失言，趕緊轉圜，「呃，我只是覺得，如果厭惡一個人的話，應該不會想把她時時留在身邊。這是我個人想法啦……哈哈……」

斐德爾笑了笑，「或許吧。這都是過往的歷史，淨世法庭的聖史是這樣記載的，為了歌功頌德而歪曲事實也是有可能。」

對於瑟芬在失聯的那幾年之間，發生了什麼事，聖史完全未提，只以「飄泊在外」一筆帶過。那幾年的歷史，似乎是淨世法庭不願提起的回憶。

斐德爾以客觀的態度回應，不對福星的說詞做評論，這令福星對斐德爾的信任感添增了幾分。

感覺是可以溝通的人，是他的話，說不定可以相信……福星暗忖。

「總之，麗強大到難以駕馭，一般的咒靈使很容易被她的力量反噬。所以後來製造咒靈還是採用人類的靈魂，這也是麗為什麼與眾不同的原因。」

福星點點頭。

看來瑟芬進入淨世法庭之後，做出了許多貢獻。瑟芬原本是麗夫人的助手，算是站在特殊生命體這邊的人，但他對特殊生命體心冷，最終選擇走向另一個陣營。

那他呢？福星想起修學旅行的血腥任務，想起那些攻擊他的人。

特殊生命體界有這麼殘酷的一面，還有威脅他生命的刺客。反而是淨世法庭，一直對他釋出善意，對這身分不明的「偽人類」給予幫助——

他遲疑了。心中的天秤，再度擺動。

福星低下頭，臉上罩上一層陰鬱低迷。

「怎麼了？」

「為什麼要對我這麼好？」福星喃喃低語，「我只是個來路不明、又弱又遜的傢伙，並不值得受到這樣的對待。」

他的同伴也是，總是包容他、接受他、幫他善後。他覺得很心虛，像他這樣的人，憑什麼得到這些？

斐德爾看著福星，輕聲坦承。「一開始只是覺得你很單純有趣。後來在馬賽港遇見你之後，莫名其妙地，我突然很在意你。」

福星不語，臉色更黯沉了幾分。在馬賽相遇的那次，是他身上帶有瑪格麗特的魅咒，影響了斐德爾對他的觀感。

但是會持續這麼久嗎？魅咒不是早就解除了？

「看見你被陰獸帶走，我非常自責。後來發現你竟然安然無事，對你的身分就更加好奇了。」

「你不擔心我是陰獸……派來的間碟？」福星強壓下惶恐，用力吐出心裡的困惑，「說不定，我也是『陰獸』吶！」

「你是人類。我很確定你是人類。」

「什麼？」福星不明白斐德爾的自信從何而來。

「其實上一回你來，我們對你做了些測試。」斐德爾彎腰，深深一鞠躬，「做出這種趁人之危的事，我感到非常慚愧，萬分抱歉。」

「呃，沒關係……你只是做了你應該做的事……」福星努力讓自己的表情平靜，但他的內心激動慌亂不已。

測試？他竟然被測試了？天啊！他真是太大意了！竟然一點戒心和防備也沒有！重點是——測試出來的結果證明他是人類？

「那、那麼測試的結果……」

「種種報告都顯示，你不是陰獸。」

福星愣愣，腦子被困惑和驚訝填滿。

他不是陰獸？不可能啊！他曾經形化過，也施展過異能力，施展過特殊生命體才能操控的咒語。那些事人類不可能辦得到吧?!

福星盯著斐德爾，企圖從對方臉上捕捉謊言的痕跡，但斐德爾的坦然與肯定反而讓他感到心虛。

「就算不是陰獸，也有可能是他們派來的間碟……」斐德爾的話讓福星的心陷入另一股混亂的矛盾之中，「就算不是陰獸，也只是個微不足道的無名小卒，並不值得受到這樣的禮遇……」

「不是無名小卒。」斐德爾悠悠低語，「你的名字出現在先聖典籍之中。」

先聖典籍是什麼鬼東西啊！

福星覺得自己快被這些不斷冒出的新名詞搞到麻木了。他連問都不想問，靜靜地等著對方開口解釋。

「我知道你的名字之後，一直覺得『賀福星』這個詞有點耳熟。」

「因為這是菜市場名……」名為福星的除了他這個人以外，還有學校、中藥行、雜貨店、牙醫診所，甚至連檳榔攤都有叫福星的。

斐德爾笑了笑，「先聖典籍是歷任宗長所留下來的文書總集，保存了他們的手稿。瑟芬宗長的研究札記也收錄在其中。」他停頓了一秒，「你的名字出現在瑟芬宗長的文書之中。」

福星瞪大了眼。

寒川提過，時空逆返者離開過往時空之後，原時空的人會對這些逆行者漸漸淡忘，最後將他們的存在從記憶中抹去。但瑟芬記得他！還把他記下來，讓他的名字被保存在淨世法庭的典籍之中！

啊，他超想向伙伴炫耀的。這種感覺，就好像新聞記者剛好在拍外景，然後意外上鏡的路人一樣。

都什麼時候了還在想這種事……他真的覺得自己很白目……

「『獻給記憶深處的摯友，最重要的過客，賀福星』，書上是這樣寫的。」記錄在拉丁文原抄本裡，卷終之處。後來的複寫本把這段刪去，但斐德爾接任實研部門時，曾分析研究過初稿，所以有些印象。「這段文字，寫在記載鎮魂鐘的那一卷文書。」

鎮魂鐘，又是鎮魂鐘。這個詞輕敲著福星心底，燃起一陣幽深的感慨。但他沒太多時間悲嘆瑟芬的遭遇，他該擔憂的是自己眼前處境。

「……或許應該只是巧合……」福星細聲輕吐出這脆弱的藉口。

「你覺得這話能說服得了我嗎？」斐德爾苦笑，搖了搖頭，「三百年前的抄本裡出現你的名字，而且從剛剛你的話語聽來，似乎知道瑟芬這個人。」

福星盯著對方，眼底中盈滿了惶恐和不安，還有明顯的逃避之意。

斐德爾伸手搭在福星肩上，輕拍安撫。福星的身子重重一顫。

「不要緊張，如果我要對你不利的話，機會多的是。你被記載在宗長的手稿之中，代表你是我們這一方的人。」

福星愣愣，同時心裡的戒備放鬆了不少。

是這樣嗎?他是淨世法庭的人?

「這樣的推斷太隨便了吧，如果書上寫的人是我……」福星深吸了一口氣，「這不就證明我不是人了?」

他抗拒著，企圖說服斐德爾他不是同一個陣營的人，雖然他知道，這樣的舉動根本陷自己於絕境。他的內心在掙扎，他不願意被認為是白三角的人，但更重要的是，他想說服自己，說服自己內心的猶豫。

「宗長也不是一般人。他比人更尊貴神聖，他引領著盲昧的人們行在光明中。」斐德爾以尊敬的語氣說著，看著福星。

「我認為你和宗長一樣。雖然你不是宗長，但你或許擁有和宗長一樣的神聖特質和能力。伊利亞宗長預言過，這是一個革新的世代，最終的戰役會展開，而在烽火灼天之際，將會出現扭轉世局的終戰者，以眾人所未知的方式，結束戰火。」

福星靜靜聽著，心臟狂烈跳動，等著斐德爾繼續開口，說出那令他心驚卻又震撼的結論。

「我認為，終戰者就是你。」

Chapter04

中二病並非中二限定，

七老八十了還是有犯病的機率

SHALOM ACADEMY

伴。

夏洛姆，三C專屬交誼廳。

寬敞的房間，被肅穆沉重的氣氛填滿。以薩一離開夏格維斯，便直飛回學園，召集伙伴。

「福星被白三角挾持？」珠月震驚。

「說挾持或許不恰當，應該說是『保護』……」以薩自責地低下頭。「白三角裡似乎有他的朋友。」

「朋友？」眾人狐疑，對於這個詞彙的出現感到非常不適應。

「事發時太過混亂，沒時間細問。我離開後立即調派人馬前往支援，那裡已經空無一人，只留下戰鬥過的痕跡。地面有闇血族的血液，還有咒靈遺留下的波動，沒有精怪的血，所以福星目前應該是平安的。」

以薩深深地吸氣、吐氣，似乎正勉強自己冷靜，「南方家族聯盟的重武裝兵已經待命，一有消息隨時可以出動。」

「如何確定福星的位置？」

不等以薩開口，丹絹逕自接話，「夏洛姆的指環上附有學園專屬的識別符紋，可以用特殊的魔法陣搜尋定位戒指的所在地，但只有教職員能夠操作。」

「已經拜託寒川進行了。」在趕來交誼廳之前，以薩先去了寒川的宿舍一趟，因為電話怎麼樣都打不通。

假日的深夜貿然拜訪，並且丟了個這麼麻煩的問題，以薩本以為會因此被寒川責罵。但那穿著布丁狗睡衣、因下床氣而臭到不行的臉，竟然在聽見消息時露出明顯的焦慮。

沒有抱怨，沒有質問，只是淡然地給了個堅定的承諾──「交給我吧。」

以薩感慨。連向來獨善其身、拒人於千里的黑天狗也變了。

福星就像寒夜裡的油燈，緩緩亮起細微的幽光，慢慢地燃放，將一室幽暗一步一步地轉為明亮，讓冰封在黑暗裡的心一滴一滴融化，在溫暖中懂得盼望。

他不敢想像失去了這盞燈的日子。

了解溫暖與光明的人再度陷入黑暗，將會更加痛苦。

「寒川一旦追蹤到福星的位置，立即出發。」

「和白三角硬戰？」紅葉挑眉。

「是的。外出後直接與南方聯盟軍會合，直殺白三角據點。」

「呵呵，不錯的週末娛樂。」紅葉顯得躍躍欲試，雖然看似一派輕鬆，但笑靨裡帶著藏不住的擔憂。

「幸好。」小花鬆了口氣，「上回福星偷渡出來的武器，還在我那裡。」

逆返時空歸來之後，福星因以薩和理昂的事而鬱鬱寡歡，她自願替福星將借來的武器繳回庫房。不過，出於私心，她決定把那些高檔貨扣押在房裡，「晚一點」再歸還──直到庫房的人來催討為止。

其餘的人開始討論對策，計畫著接下來的行動。

始終沉著臉、蹙著眉的布拉德，忽地開口，「理昂．夏格維斯在哪裡？」

以薩停頓了一下，慨然低語，「他有他的重擔。夏格維斯這個姓氏太沉重，並不是那麼容易——」

「所以夏格維斯家惹出來的禍，他不打算出來幫自家人擦屁股？」布拉德咬牙，冷聲質問，「看來他完完整整地繼承了赫爾曼自私的血脈。」

「砰！」門扉赫然甩開。

「在背後批評他人是小人的行為。」森冷的語調躍入屋中，「除了吃屎，你的壞習慣真不少，笨狗。」

「理昂？」

深黑色的人影，全副武裝，背上負著兩把長刀，腰間、腿上束著各式冷兵器。

理昂不語，沒做過多的解釋，只是淡淡地開口，「我回來了。」他望向以薩，以篤定的目光直視著對方，點了下頭。

以薩望著理昂，回以淺笑。「你怎麼知道我們在這裡？」

「我想這東西是來找你們的。」理昂將手伸入懷中，取出一團毛茸茸的黑色物體。

巴掌大、長著翅膀的兔子，是寒川的式神。它在理昂掌心伸了個懶腰，跳下，展開繫在頸上的信息符令，流暢的墨筆字跡飄向空中：

已追蹤到地點，立即前往校長室。

片刻，緩緩消散。

「那傢伙什麼時候才會使用手機啊……」翡翠忍不住抱怨。

「屋漏偏逢連夜雨。」坐在檜木桌後方的桑珌十指交錯，額頭靠向指節，長嘆一聲，「至上神真愛作弄人吶……」

「追蹤方陣捕捉到的信號來自義大利，位在羅馬西南隅的小城鎮。」已換下睡衣、更換上正式服飾的寒川嚴肅開口，「以薩．涅瓦領導的南方聯盟已整裝待發。」

「克斯特家的後裔是吧。」桑珌抬起頭，看著寒川，勾起微笑。「為了他人冒險，你變了。」

寒川不好意思地輕咳了聲。「反抗白三角的聲浪日益高漲，具有指標性存在的夏洛姆也該有所作為。正好利用這個機會，向世人表明我們的立場，向白三角宣戰……」

「冠冕堂皇的官腔就免了。夏洛姆的立場是與人類和平相處，拯救賀福星純粹是出於私人情感，不用硬是和特殊生命體的利益扯上關係。」可以的話，他必須制止任何戰爭的發生。

桑珌嚴肅地道：「別忘了這塊土地下的神獸是為什麼被封印。現在的情勢下，最重要的就是保持中立，學員們自己有什麼想法或行動，我們絕對尊重，但絕不能直接以學園的名義宣戰。」

寒川低下頭，內心陷入糾結。

他知道，雖然夏洛姆教導學生戰鬥的方式，但從不預設立場。特殊生命體界不同族類、不同派系間的鬥爭也很複雜，即便此刻面對的是共同的敵人白三角，但是資源該如何分配？指揮權該如何部署？該聽取獸族的意見還是闇血族的意見？是要以南派為主軸還是北派為主軸？這些爭執也足以引發一場小型戰爭了。

夏洛姆就像是軍火商，製造戰爭中的武器，但在戰場上，立場卻是絕對中立。

寒川雖然不指望桑珌會讓他使用學園裡的資源，但他至少能爭取到離校許可，讓他陪同以薩等人前往救援。

「不過，」桑珌再度輕語，「如果是為了拯救學員的話，夏洛姆會全力支援，你可以調度任何需要的人力、物力。」

寒川抬起頭，詫然，「我以為您不會准許。」

桑珌悠悠輕嘆。「每一個學員都是夏洛姆重要的寶物，我們必須盡可能地守護他們。」

寒川看著桑珌。雖然共事了數百年，他還是不懂桑珌在想什麼。他不了解桑珌的理念究竟是反戰還是主戰，是為了培育學員、守護特殊生命體而設立夏洛姆；還是為了守護人類，而將特殊生命體制約在名為學園的空間裡？

「現在問這個問題似乎有點奇怪。」寒川停頓了片刻，「夏洛姆成立的目的到底是什麼？」

「讓年輕的特殊生命體在安全的環境中成長，這是夏洛姆成立的目的之一。」雖然隨著日子，單純的環境變得不再單純。他已逐漸偏離正道，即使並非出於己願。

至於夏洛姆存在的另一個更重要、卻不為人知的目的，便是讓夏洛姆「繼續存在」，即使偏離初衷也要存在，並盡可能招攬新生入校。

這是創建之初，為了學園犧牲自己的那位王女的請求，也是她所留下的預言——

「無論如何都要讓夏洛姆存在，轉變時局的人會進入這裡，以混亂消止混亂，平定傾頹擺盪的局面，開啟全新的時代。」

至於那轉變世局的關鍵人物什麼時候會出現、以什麼身分出現、以什麼方式終止紛亂，一概不知。

桑珌憑著這曖昧不明的預言，接下了任務，創建了夏洛姆。他不曾質疑過自己的所作所為，堅定地相信著那茫然未知的願景和希望。

只是，堅持了三百多年，他累了。原本積極熱切的心，一點一點地冷卻，如今，只能消極地走一步算一步。

深深吸了口氣，緩緩吐出，桑珌望著寒川，以堅定的口吻再次叮嚀，「務必讓傷亡降到最低，不管是特殊生命體，還是人類——」

「你還是一樣，喜歡睜眼說夢話呀，桑珌。」嘲諷的聲音兀然從屋內的一角響起。

「誰！」寒川猝然回首，迅速朝身後的空間迸射出一道驅逐咒，但咒令在空中化為紫紅色火花倏忽消散。

「幾百年沒見，還是一樣神經質，和吉娃娃沒兩樣。」嗤笑聲再度響起，修長的人影隨之現形。

看清來者，驚愕及詫然瞬間浮現在寒川和桑珌的臉上。

「是你！」寒川咬牙，音調裡帶著憤怒與驚惶，彷彿不願相信眼前所見，「公理之獸……」

「好久不見啊。」擁有少年外貌的悠猊，輕笑著緩緩走向廳堂中央。

這是被封印三百多年後，他第一次以人類的姿態現形。他身上刻意穿著夏洛姆的制服，挑釁及諷刺意味濃厚。

隨著悠猊的靠近，寒川戒慎著步步向後退，掌中蘊釀著殺傷力最強大的攻擊咒語，但對方絲毫不將他放在眼裡。

相較於寒川，桑珌顯得相當冷靜，苦笑道，「先是淨世法庭，接著是藍思里，然後是闇血族派系鬥爭、學生受困，現在是你。真會挑時機出現呢。」

所有的混亂像是串通好一般，選在同一時刻出現。

「這麼說可就失禮了，我可是祥瑞之兆呢。」悠猊輕笑，逕自拉開一旁的長椅坐下，正坐在桑珌面前，盯著睽違三百多年的「老友」，盯著當年將自己桎梏在幽閉結界中的

「敵人」。

他打量著對方看似年輕的軀體，審視著對方隱藏在內的靈魂，接著發出惋惜而喜悅的輕嘆，「你的靈魂已經衰老破敗，有如風中殘燭。」

「你還是沒變。雖然是靈體。」桑珌看著悠猊，「別太勉強自己。」乍聽之下是在關切，卻藏著威脅的意味。

悠猊挑眉，對桑珌能看穿自己的狀況而略感訝異。

看來，這傢伙雖然能力不如從前，但仍不可小覷。之前他在福星面前現身是處於半靈體狀態，也就是讓意識離開軀體，只有一半的靈魂掙脫結界。半靈體只具有完整體四分之一的力量，能力有限，但也因此較容易躲過防禦偵測系統。

隨著時日接近冬至，他能控制更多的力量，此時的他是整個靈魂抽離，現身在桑珌面前。靈體脫離的話，可發揮出七成的實力，但只能維持一日，超過一日就必須寄附在其他生命體上。

在關鍵之日來臨之前，此舉並非上策，但是為了福星……

以薩單獨返回時，他便察覺到情勢不對勁，於是一路尾隨，竊聽了以薩等人的談話。

惱怒和焦躁瞬間填滿他的內心。

要是福星陷入白三角手中，要是他的關鍵之鑰被毀滅，那麼他將不再有翻盤的機會，所有的願景和布局將成煙燼。

但不知為何，比起計畫失敗，他的心裡更在意其他事。他更在意落入白三角手中的福星是否平安。

悠猊皺了皺眉，強壓下心底那陌生而荒謬的念頭，嘴角勾起，輕描淡寫地笑了笑，「悶這麼久，我想出去走走。」

「恐怕無法批准。」桑珌雙手擱在桌面，檜木板面上浮現幽藍色的符紋，接著食指與中指朝內一撩，扣住拇指，桌面上的符紋有如網脈一般被提起，「禁！」指尖向外一彈，符紋射出，同時朝四面八方擴展，往悠猊的位置席捲。

悠猊伸掌，面前張開了一面無形的防禦壁，藍色的符網衝撞到悠猊面前三十公分處時，硬生生被彈開，有如沖向岩礁的浪花，激起一陣燦爛刺眼的光點，墜地無痕。

悠猊輕哼，「更正，你的肉體也衰老了。」他從容地彈了彈手，「困在封印裡三百多年，一出來就讓我看笑話，你真貼心吶，桑珌。」

桑珌霍然起身，掌心流轉著銀色的光紋，異能力與高階咒語交融成的力量，連手掌周圍的空氣也隨之震盪，渲出一圈一圈的色彩漣漪。空間開始不安定，發出細碎的爆裂聲響。

「即使是風中殘燭，也能燒毀一整座森林。」星星之火足以燎原。燒蝕著生命產生的火光，將捲起整片燄海，燒盡所有威脅者。

流轉晃蕩的光紋，瞬間化成一束束細長尖銳的利刺，桑珌一揮手，上千根燄芒在空中織構成繁雜嚴密的法陣，自上而下朝悠猊蓋落。

「得了吧。」悠猊輕輕揮手，像是撣去灰塵般，將迸射著燄光的法陣拍去。以八角形與圓形組成的符令光圈，射向一旁，嵌鏤著強大防禦咒語的巨石牆面，瞬間蝕毀。

「這點火光，我說話時的飛沫就足以熄滅。」接著，悠猊展開手，掌心飄著一團藍綠色的光球，「送你個紀念品。」語畢，朝著掌上輕輕一吹，拳頭大的光球像隕石一樣砸向桑珌。

桑珌咬牙，趕緊張開防禦，十分勉強地擋下了悠猊的攻擊。連續施展高段禁咒，加上這一擊，幾乎耗盡了他的體力。桑珌重咳，嘴角咳出有如濃墨的黑血。

「桑珌！」寒川立即衝向前，支撐住桑珌差點倒下的身體。

悠猊搖了搖頭，「希望你能撐到我革新世界的那一刻。」接著，他彈指。

「啪！」

門扉忽地打開，一行人正站在校長室外頭。

隨著式神來到校長室找寒川的理昂等人才剛抵達，連思考的時間都沒有，便被強迫面對室內的滿目瘡痍。看著半毀的校長室，眾人愣愣。

理昂快速地掃視了屋內一眼，接著抽刀，眼前的情勢讓他立即判斷出這陌生的少年是敵人。

「你回來啦，理昂．夏格維斯。」悠猊揮了揮手，「終於從本家斷奶了嗎？」

「你——」理昂跨步。

「不要亂來！」寒川趕緊出聲制止。「你們無法應付！」

理昂咬牙，硬是壓抑住自己，站在原地。

事實上，不用寒川提醒，直覺也告訴他，眼前的人，實力遠遠超過他數千倍。在對方眼中，自己與螻蟻無異。

「還有你，」悠猊的矛頭指向以薩，「知道真相之後，你振作得挺快的。不錯，竟然能和仇敵的子孫成為好友，麗夫人一定會以你為傲。」

以薩冷然不語。

「珠月，妳似乎瘦了呢。」悠猊緩緩走向門邊，像是和熟悉的朋友寒暄一般，「是不是因為受夠了身邊不時有條狗繞著自己打轉？」

不理會珠月和布拉德頓時黯沉的臉色，他的目光轉向小花，「身為貓卻喜歡狗，這樣的友誼不嫌痛苦？」

小花一臉淡漠，只是微微皺了下眉，「……干你屁事。」

「小花！」

眾人驚惶，全都捏了把冷汗。但悠猊並不以為意，只是輕蔑地冷笑。他轉頭，望向站在一旁，一臉狀況外的洛柯羅，盯著對方片刻。

「至於你，雖然總是像個無腦花瓶，但是——」悠猊將頭湊近洛柯羅，像是在確認什麼。

這樣的場景如果是出現在平日，足以讓在場的某兩位女學生尖笑著瘋狂連按快門，但此時所有人膽戰心驚地屏息，深怕伙伴會遭遇不測。

「氣場很雜。有地府冥河的黑色氣息，還有——」悠猊的眼底浮現複雜的神色，既是憎恨，卻又帶著些傷痛，「還有那個女人的味道。你究竟是誰？」

洛柯羅眨了眨眼，像是對方問了個可笑的問題，「我是洛柯羅。」

悠猊挑眉，臉色一凜，審視著洛柯羅，對方依舊漾著憨笑。除了氣場紊雜不純，洛柯羅並無其他異狀。

悠猊自嘲地冷嗤了聲。看來是他想太多了。

「只是個傻子。」悠猊對洛柯羅不再感興趣，撇開頭轉身面向桑珌。

「不是傻子，我是福星的朋友。」洛柯羅插嘴，笑呵呵地說著。「羡慕嗎？」

悠猊猝然變臉，回首怒視洛柯羅。

「呵……」有如沙紙摩擦一般的粗礪笑聲響起。

「幼稚……」桑珌掛著黑血的嘴角勾起，以喑啞的語氣輕笑。「你在不滿什麼呢?偉大的聖獸大人……」

悠猊微愕，但只是一瞬，他便恢復傲然輕慢的態度。「我不滿整個世界。」

所以他要改變令他不滿的東西。

深吸了一口氣，向上輕輕一躍，彷彿走在透明的階梯上一般，一層一層地上升，走向殘破的圓形屋頂。

悠猊望向理昂等人，斂起笑容。「一群廢物。」語畢，舉起食指在面前的空氣劃下。

下一刻，深藍色的夜空中綻開一道發光的巨大裂痕。悠猊將手伸入口袋，掏出璀璨的精靈寶石。閉上眼，睜開，寶石亮起白光，接著像是爆炸的火藥一般，不斷溢洩出刺眼的光。

悠猊猛然握拳，彷彿要將寶石揉碎，朝天空中的裂縫擲出有如彗星一般的炬光。靛藍色的夜空瞬間龜裂，剝落一塊塊邊緣亮著星光的碎片。一時間，紊亂的散光漫布蒼空，閃耀得人睜不開眼。

悠猊跨向裂縫，脫離這束縛他三百多年的牢獄。他回首，冷眼瞥了主堡裡的眾人一眼。

是的，他不滿。他不滿這些人，不滿他們隱藏在人類歷史陰影的生活方式，不滿他們沒辦法了解他的理想。

不滿他們沒有看守好福星。一群廢物。

但在他心底，似乎有另一個聲音，另一種以往從未有過的情緒，在悄悄提醒著他——他不滿，這些人竟是福星最重視的伙伴。

設置在福星身上的咒語沒啟動，顯然福星目前的處境是安全的。只是，心中有種非常不舒服的感覺，就像是心愛的玩具被搶走一樣。

他試過找尋淨世法庭的本部，卻一無所獲。這樣的結果只有兩種可能性：一是淨世法庭的本部根本不存在；另一個可能是，對方施下的迴避結界，連他也無法破解。

這個假設讓悠猊臉色一沉。

只有他的同類設下的咒語，會互相抵銷。不過，這不可能。因為，他是僅存且獨一的存在。曾經是他伙伴的傢伙，在數千年前背叛了他，以自己的生命，建立出封印他的結界，然後就此消逝。

那是他第一次被禁閉在牢籠裡，第一次嘗到失去自由的滋味，第一次嘗到孤獨與背叛的滋味。

當唯一的同伴消失的那一刻，他的內心陷入了比背叛和失去自由更加痛苦的絕望之中。

甩了甩頭，將這令人不快的念頭甩開，在夜空中飛躍著。

被監禁幽閉了這麼長的時間，他想通了很多事。比方說，真正的強者是不需要伙伴的，只需要部署可利用的棋子，挑選出利於開通勝利之門的王將即可。

目光輕閉，搜尋著自四面八方傳遞來的訊息，接著睜開眼，盯著遠方的某一點。

以往他偵查不到淨世法庭的本部，但此刻，帶著他所施咒語的賀福星，就像一條引線，潛伏於結界下的堡壘裡。沿著這條線，便能找到賀福星的所在地，以及淨世法庭的本部。

嘴角勾起殘酷的笑容。「福星，謝謝你給了我這麼好的禮物吶……」

冷色調的雪白實驗室靜默無聲。斐德爾方才吐出的話語隱隱迴盪在屋裡，震撼著福星的心。

「終戰者？」福星不太確定地重複了一次。「我？」

「是的。」斐德爾篤定地開口，「除了剛才說的，還有其他跡象都顯示你就是轉變世局的人。」

他將手伸進口袋，掏出最後僅存的狩儀之一，打開，上頭亮著一個幽藍色的光點，一閃一閃，顯示位置就在他的身旁。儀盤上另一角，一團燦爛耀眼的白光有如晨星閃動著。

以往，每次福星出現，都會造成狩儀紊亂。福星不是陰獸，卻顯示在狩儀上，這代表他身上蘊藏著超越凡人的力量。

就和伊利亞大人一樣。狩儀也會顯示伊利亞大人的位置，那白光便是伊利亞。

「搞錯了吧！我是——」福星趕緊收口，他差點自暴身分。

他做人做得窩囊至極，變成妖怪後都當得不倫不類，哪有這麼厲害！他就像是PR值低到極點的小渣渣，爛到輔導室的老師都測不出適合他的發展性向。

「不要小看自己，福星。」斐德爾再次輕拍福星的肩。「或許這一時難以接受，但是我猜想，在你的生命中，應該發生過不少超乎常理的現實，強迫著你接受認清，對吧？」

福星愣了愣。斐德爾的話說中了他的處境。

是啊，他確實被迫面對不少難以接受的現實。三年前他還一直以為自己是個人類，而且是個命中帶屎、又不起眼的小人物。

本來以為自己將會庸庸碌碌度過平淡的灰色人生，但是老爸老媽和老姐卻在三年前的夏天，揭開他的身世，揭開家族的祕密，揭開這個世界隱藏在正軌之下的另一面。

當初他也不相信老爸所言，還以為全家人串通起來整他，但事實證明，這全都是真的，只有他這個當事者什麼都不懂。

此時的他和三年前一樣，什麼都不懂，傻愣愣地聽著旁人向他揭開不為人知的真相。

那麼……會不會，這也是真的呢？他真的是挽救世局的關鍵之人？

一股難以言喻的欣悅充滿內心，這種感覺就像是獨得數億元的頭彩一樣，彷彿以往所渴慕的東西都將輕易到手，以往無法掌控的事物都能運於掌中。

以往只能昂首仰望他人的無名小卒，此後將受人引頸瞻仰——

他不再是弱者，他是終戰之人！

嘴角不自覺地微微上揚。心中不斷膨脹的狂喜，勉強被理性壓制著，面對這崇高的新身分，他的心鼓譟著。

福星咽了口口水，努力讓自己冷靜。

鎮定點，說不定，這只是斐德爾為了讓他放鬆戒心而胡謅的，先不要太得意忘形。

「那個，請問鎮魂鐘——」

「放在禁咒室，當咒靈出現變異或失控時，可以直接銷毀。」不等福星問完，斐德爾自動回答。

「我可以看一看嗎？」福星大膽提出要求。

這算是在測試，測試斐德爾話語的真實性，以及對他的信任。

如果他真是斐德爾口中所言、這麼重要的人，那麼對方應該不會拒絕這個要求。

「可以。」像是在等福星開口一般，斐德爾想也不想地答應。

這反而讓福星感到些許不安，但是看見斐德爾順從自己的要求，也讓他心裡的那份欣喜更加雀躍。

他不再是那窩囊沒出息的精怪了。

Chapter05

你為何不問問神奇海螺呢？

SHALOM ACADEMY

跟在斐德爾的身後，穿越一道道雪白迴廊，來到了更深處的禁咒室。大門以白鋼製成，上頭附著各種防禦措施，不管是物理的，或是魔法的。重重的守備，並不是防避外頭的人闖入，而是扼止裡頭封印的東西逃出。

斐德爾將識別證刷過感應儀，按下一連串密碼，厚重的門扉向兩側開啟，縮入牆中。

室內光線通明，卻給人一種死寂的慘灰氛圍。室內兩側是整齊的玻璃櫥窗，烙著符紋的玻璃櫃裝著一具具咒靈，彷彿展示的人偶，蒙著眼，靜靜地站立櫃中。

福星緩緩經過一扇扇櫥窗，玻璃窗後站立的人來自不同國家，有男有女，有老有少，唯一的共同點就是晦暗的臉色，一種凝滯的絕望氣息，死蔭幽暗地籠罩在周遭。

即使肉體保存完好，穿著整潔的白袍，但一眼便能看出與活人的差異。

福星忍不住瑟縮，「這些咒靈是用什麼人做成的？」他隨口發問，目的只是想轉移注意，「有特別挑選過嗎？他們生前都是強大的靈能者？」

「都是平凡人。」斐德爾苦笑，腳步在某座玻璃櫃前停駐，以懷念而惆悵的目光望向裡頭的人，「他們都曾經是我的伙伴。」

福星訝異。「什麼？」

伙伴。

這個詞彙，輕輕地敲著他的心底。像陣風徐徐拂過，掩抑了方才萌生的躁動狂喜，勾起了他差點被驕傲自滿而淹沒的初心。

「這樣利用死者，說實在不是什麼光明的手段。」斐德爾低嘆了一聲，「人類和陰獸的力量相差太大，在咒靈發明之前，幾乎是一面倒地任人宰割。為了和陰獸對抗，不得不這麼做。」

斐德爾說著，眉頭同時深深皺起，福星看出他內心的糾結。

「呃嗯，可是，」福星輕咳了一聲，有點不好意思地開口，「如果是伙伴的話，他們一定會諒解的。」就像他的伙伴一樣。

強大、美麗的伙伴，他永遠只能望之興嘆的伙伴，永遠無法並駕齊驅的伙伴……

「謝謝。」斐德爾漾起淺笑，轉身繼續前進。

腳步在最深處的一座金屬櫃前停止。四四方方的銀白方櫃，外表皎潔平滑，看不見任何溝紋符令。

斐德爾將手握住方櫃的一角，低誦咒語。方櫃朝上的那一面，從中心放射出數道細線，線漩向右轉動，櫃體化為無形，露出裡頭存放的東西。

「這就是鎮魂鐘，可以控制咒靈、銷毀咒靈的法器。」斐德爾退後一步，讓福星能靠近觀看，「瑟芬宗長將自己的眼瞳、血肉與骨，融入鐘裡，讓它臻於完美。」

福星想起在時空之道中看到的景象。歸來的瑟芬，少了一隻眼睛和一截手指。

「我想……呃嗯，我是說，可以請你拿出來借我看看嗎？如果不方便的話那就算了……」福星本想放膽要求，但語調還是習慣性地客套。

沒辦法，他窩囊慣了。當了二十年的遜角色，一下子難以切換成英雄模式。

斐德爾笑了笑，「當然。」接著將手伸入櫃中，將鎮魂鐘慎重地捧起，遞給福星。

福星遲疑了一瞬，仍有點不可置信。

「不想看了？」

福星皺了皺眉，像是賭氣一般，伸出手，略微粗魯地接下。

鐘的表面是深褐色，在光線的照射下，隱約閃耀著金屬的光澤。福星知道，在染上這有如乾涸血液的顏色前，這只鐘是多麼地皎潔銀亮。

鎮魂鐘就在他的手上，操控著咒靈與亡魂的法器就在他手上，那麼他可以……

福星握緊了鐘，腦子飛快地閃過各種念頭。

像是看穿福星的心思，斐德爾微笑，開口，「必須吟誦複雜的古老咒語，搭配符令才能啟動它。連傳承了瑟芬靈魂的每位宗長，也無法直接操控此鐘。」輕柔的語調，不著痕跡地打碎了福星蠢蠢欲動的念頭。

福星的身子微微一震，難掩失望。

「放心，如果你適應了淨世法庭的運作，熟悉了戰鬥，我會教你怎麼使用的。」斐德爾安撫，趁機拉攏福星。

「嗯……」福星點點頭。他盯著手中的鐘，想起瑟芬。「如果，戰爭結束，所有的敵人都被殲滅，這些咒靈要怎麼辦？」

「銷毀。」斐德爾露出悲傷的表情，「畢竟他們是逆天的存在。鎮魂鐘製造的目的，就是將亡者滯留現世，或是將滯留現世的亡者消滅……」

「不能這樣吧？」福星忍不住反駁。

「為什麼不能呢呢？」斐德爾笑問。

「呃，只是覺得……這種做法有點不負責任……」

擅自把人叫來，又擅自把對方毀滅，感覺真是糟透了。

雖然對方早已死去，但是不論生者或亡者，痛苦和悲傷，各種情感，都是擁有靈魂才感覺得到的啊……

「或許吧。」斐德爾聳了聳肩，「這麼強大的法器，一般人本來就難以駕馭。目前我們也只能發揮出鎮魂鐘六成的功效。只有製作者本人，才能隨心操控使用這只鐘。」

「這樣喔。」真可惜……

福星輕輕地撫著鐘的表面，陷入沉思。

他回頭，看著站在身後一座一座玻璃櫃裡的人，想起了那夜在麗夫人城堡裡看見的侍女靈魂。

麗夫人曾經說過類似的話。當戰爭結束時，她想讓那些少女回歸，讓她們回到亡者的安眠之地。

瑟芬製造這個法器，除了召喚亡靈、守護麗夫人之外，還有另一個更重要的目的，就是希望當一切動亂平息後，這只鐘能送那些亡者返回天堂……

讓亡者歸於寧靜。

這個念頭在腦中迴響，像是關鍵的符咒一般盤旋，耳邊浮現出細碎的呢喃。

讓亡者歸於寧靜。

福星感覺到體內有股力量，暗暗地回應著闇紅色的鐘鈴。

他想為這些人做些什麼。

但是，該怎麼做呢？鎮魂鐘只聽從製造者的指令。

可以告訴他該怎麼做嗎……

如同上了鎖的門扉忽地被開啟一般，緊繃的心緒頹然放鬆。思緒開始縹緲，潛藏在體內的力量，默默地和鎮魂鐘共鳴著。

呃，他好像知道。

一道意念和能量有如溫水一般，緩緩自掌心流入他的身體，迴漾著。一個朦朧的概念在腦中成形，低語著他未聞的知識。

好像知道，該怎麼操控這鐘……

身體像是有意識般，握住鐘頂的環，輕輕搖晃。

他的心底迴響著一個聲音，和此時最單純的渴望。他對著鐘無聲地吶喊出命令與祈求。

——讓桎梏於現世的往世者，自束縛與血淚中解放，回歸安息。

福星陷入沉默將近兩分鐘，看著那恍惚空洞的眼神，斐德爾覺得不太對勁。

「福星，你還好嗎？」他伸手想拍福星，但是當指尖觸碰到對方的身體時，一股強大的靜電將他彈開。

斐德爾驚愕地看著福星，看了看自己的指尖，上頭留下了如被水母螫到的紅痕。

鎮魂鐘表面的符紋開始流竄，像是密密麻麻的螞蟻同時移動。

這是？

離兩人最近的玻璃櫃發出細小的摩擦聲，裡頭的咒靈開始顫動。

一瞬間，斐德爾了解發生了什麼事。他以既不安又期待的目光，注視著福星，注視著身旁的咒靈。

「噹。」握著鐘的手腕微晃，柔和的聲響有如清麗流轉的泉水傾瀉。

櫃中的咒靈不再顫動，但咒靈眼上的封布符紋發出黃光，接著像融解一般消失在布上。

白袍底下慘白的手，僵硬地曲了曲，緩緩抬起，拂上臉，輕輕將咒條拆下，露出憔悴熟悉的容顏。槁木死灰的面孔，有了一絲活人般的生動，困惑地看著自己，打量著周遭。

「貝納？」斐德爾遲疑而不確定地輕喚著過去伙伴的名字。

櫃中的人聞聲，轉頭，露出驚喜的表情，有如活人一般生動，「斐德爾？好久不見啊！」他低頭看了看自己的身體和周遭，一臉了然於心，「我被做成咒靈了啊……」

「……抱歉。」

「不不，這是應該的。」貝納笑了笑，「看來我死了比活著更有價值吶。」

「少胡說了。」斐德爾輕笑，彷彿回到從前，和伙伴們一起奮鬥的時光。

「你怎麼還是一臉苦悶樣啊，斐德爾。」貝納嘖嘖搖頭，「還沒死，就活得快樂點。」

「如果可以的話，我也想……」

「快樂地活著，努力掙扎到最後一秒，然後就可以休息了，徹底地休息很久、很久。」貝納的眼神開始渙散，如即將墜入酣睡夢鄉一般，「終於可以真的休息了……」

他閉上眼，站立的身軀頹然倒下，靠在櫃旁，有如陷入深眠。

留在那兒的不再是咒靈，而是單純的死體。

「呼哈！」福星重重地吐了口氣，像是剛做完猛烈運動般，不斷地喘著氣。

剛剛是怎麼回事？他竟然能操控鎮魂鐘?!

「你果然是終戰者。」斐德爾難掩激動地對福星道，「您是淨世法庭的轉機！」

福星挑眉。

「您」？這個敬語讓他既不習慣，又難掩得意。

斐德爾恭敬地彎腰，對著福星深深地鞠躬，儼然將福星視為尊貴的聖者。

前所未有的滿足感充盈福星的內心。

他有能力，他是強者，他受人尊崇——這些都是以往的他幻想許久、卻未曾擁有過的。

他開始有個假設，用來說服自己。

如果這一連串曲折的命運，是上天安排，目的是為了讓他站在淨世法庭這一方呢？這似乎完全說得通。

他感覺到自己正被一種神聖不可侵的尊榮感包圍著。

「別這樣，斐德爾。」福星笑著要斐德爾起身，但事實上，斐德爾的態度讓他非常高興。

「這是必須的，您該得到應有的尊重。」

福星笑著，打算將斐德爾扶起。他覺得自己很了不起，如體恤下屬的王者，既強大又慈悲……

「啪噠。」

物體墜落地面，在地面上敲出一記小小的聲響，拉住了福星的注意。

低頭，只見那一直塞在口袋裡、銀藍色的「LUCKY STAR」鑰匙圈，靜靜地躺在雪白磁磚上，內斂地閃著淺淺的光。

「收好，不要再弄丟了。」

修學旅行時，理昂的叮嚀聲隱約地在耳邊迴旋。

福星愣愣在原地，有種自頭頂被淋下一桶冷水、猛然清醒的感覺。

「您的東西掉了。」

斐德爾本想幫福星撿起，但福星的動作更快一步，他蹲下身，將鑰匙圈拾起，緊緊握在掌中。

不要再弄丟了……

賀福星，這次，你要連伙伴也扔了嗎？

福星深吸了口氣，為自己捏了把冷汗。

救世主什麼的，他沒那麼偉大。如果是以前，他會渴望自己受到注目，渴望自己是個重要的人，受眾人圍繞崇拜。他也曾幻想過自己其實是不為人知的英雄，以強大的力量，拯救困難之中的人們。這是弱者的白日夢，可笑、可悲又荒唐的夢。

真是的……他在想什麼啊……

根本中二病。你真以為自己有多煞氣？他的理智冷冷地在心裡吐槽著。

他想到自己國小時曾在手背上畫著五芒星，自以為是魔導師，每天在嘴裡喊著莫名其妙的口訣，說要斬妖除魔。

那時琳琳和芙清笑著陪他胡鬧，她們把拖把纏上彩帶，頂端綁了顆橘子，說那是名為「太陽之談」的法杖，上頭嵌著神聖日光石。

他開心地拿著法杖到外頭去耀武揚威，結果才出家門就踩到彩帶跌倒，跌坐在「太陽之談」上，神聖日光石也被他一屁股坐爛，在灰色的褲子上留下橘色的渣渣和一大片漬痕，看起來超像大小便失禁的臭小鬼。

福星低下頭，眉頭深深皺起。

他還是小學生嗎？

想到方才那自以為是的心態，福星感到一陣羞愧，恨不得找個地洞鑽進去。難堪之餘又深深地慶幸，慶幸自己在關鍵時刻醒悟。

比起自己頭上頂著光環受人景仰，他更想和伙伴們笑笑鬧鬧地生活著。

來到夏洛姆，遭遇了這麼多事之後，他突然明白，所謂的弱者並不是一無所有，而是看不見自己擁有的東西，一輩子追尋著不屬於自己的幻夢，最終只換來幻滅時的絕望。

他想要的是能同甘共苦的友誼，一同歡笑、一同患難的伙伴！

他不是什麼英雄，也不是什麼終戰者。他是賀福星，他是夏洛姆學園三年C班的一分子，他只屬於他的家人和伙伴。

他在意的人們，正在等他回去！

嘴角揚起堅定的笑容，鄭重地握了握鑰匙圈，將它塞回口袋。

「您……還好嗎？」斐德爾發現福星神情的轉變，他略微詫異。

「不必使用敬語，我沒那麼偉大啦。」

「但您剛才施展出的能力，已證實了尊於常人的身分。」

「喔，好像是喔。」福星抓了抓頭，似乎有點苦惱。

好吧，既然他好像真的具有某些能力，但是這些能力對他而言並不實用。他現在最關心的是，曠了這麼多堂課，他的期末成績和學期分數很可能全部陣亡。召喚死靈這項特長，似乎沒什麼幫助。他可不想留級！太遜太丟臉了！

不過，話說回來，以他現在的處境，加上外頭的局勢，別說被當了，搞不好根本回不去。況且如果戰爭爆發了，夏洛姆還能正常運作嗎？特殊生命體界還能平安嗎？

盯著手中的鐘，福星陷入沉思。

鎮魂鐘製作的目的就是為了讓麗夫人操控死靈。能夠操控這股人類和特殊生命體都畏懼的力量，才有本錢讓兩方人馬乖乖放下干戈，坐下談和。

腦海深處閃過一道靈光，他突然想通了某件事。

現在這掌控力量的工具就在他手中。而他，能夠隨心操控。

麗夫人未完的遺願，由他完成。

這麼做的目的，不為其他，不是為了拯救蒼生，不是為了淨平亂世。

他只是想要趕緊把這些討厭的事解決，然後安安穩穩地回夏洛姆，和伙伴共度最後的學園時光！

聽起來很自私，但這才是賀福星，一個平凡人，平凡的半吊子妖怪。

「那個，斐德爾。」

「有何吩咐？」

「謝謝你一直對我這麼好。」福星漾起了感激的笑容，接著，笑容轉為略帶尷尬的歉疚，「然後，抱歉了。」

「什麼——」

當斐德爾還一頭霧水時，福星舉起手中的鎮魂鐘，猛力一搖。

醒來——為我所用！

渾厚的鐘聲在狹長的空間裡迴響，靜置在玻璃櫃中的咒靈，開始不安、震顫。

「福星，你——」

「抱歉，我不能留在這裡。我的伙伴在等我，我必須去找他們……」福星停頓了一下，「我必須保護他們。」

斐德爾不解，接著浮現出受傷而失落的表情，「您要背叛人類，選擇幫助陰獸嗎？」

斐德爾的神情讓福星心口一揪。

即使這個時候，他還是敬稱他為「您」啊……

「我本來就不是人類，而且我沒有打算選邊站。」福星認真地說著，「我只希望我的朋友們平平安安過日子。我希望戰爭終止！」

斐德爾困惑，「那麼，您打算怎麼做呢？想要戰爭終止，就必須分出勝負，」他長嘆了一聲，苦笑，「要分出勝負，就必須選邊站呀，福星。當您的朋友平安之時，就是我們受難之日。」

「不要再用敬語啦。」福星皺了皺眉，不太好意思地低語，「你也是……我的朋友……所以……嗯……總之，交給我吧！我會讓你幸福的！」

啊呀！這話怎麼怪怪的，聽起來好羞恥，好像詭異的告白宣言。他突然慶幸珠月不在場。

斐德爾微愕，一時間有點哭笑不得。

「或許您有某種崇高的理念，或是遠大的計畫，但我不能輕易讓您離開淨世法庭。」

斐德爾跨向福星一步，「請您將鎮魂鐘放下，回休息室。」

福星將鎮魂鐘揣在懷中，不安地向後退一步，慌張地看著斐德爾。

斐德爾輕嘆了聲，「失禮了。」接著伸手，打算強制奪回鎮魂鐘。

「啪！」伸到半空中的手臂，被雪白的手掌一把拍下。

火紅的魅影有如夜風一般，無聲無息倏然現身，擋在福星和斐德爾之間。

「麗！」福星開心地叫出聲，雖然他知道，化為咒靈的麗已經沒有任何知覺了。

斐德爾瞪大了眼，表情轉為嚴肅。快速抽出腰帶上的封靈鏢，瞄準麗的眼部刺去。但那明豔的身影更快一步，側身閃過攻擊，同時一手勾起福星，向上一躍，跳至斐德爾的身後。

「謝謝。」福星尷尬地輕咳了聲，臉有點泛紅。絕不是因為剛才的行動，使他的臉被擠在麗夫人軟軟的胸部旁邊所造成的，嗯！

斐德爾一個箭步追上，打算阻止麗的行動。

「避開斐德爾的攻擊。」福星愣愣地下令，搖了搖鈴。

他不太明白要怎麼操控鎮魂鐘，但直覺告訴他，這東西似乎沒有固定的使用方式。

麗夫人停頓了一秒，當福星以為自己的操控失敗時，周遭的玻璃破裂聲先引起了他的注意。

原本以為是斐德爾發動攻擊所造成的聲響，但一回頭，眼前的畫面讓福星嚇得抖了一下。被關在玻璃櫃裡的眾多咒靈，紛紛擊破禁錮自身的牢籠，躍出碎櫃，圍在斐德爾身旁，虎視眈眈。

斐德爾退到一角，眼下他處於劣勢，因此不敢輕舉妄動。

福星愣愣，同時鬆了口氣。看來危機暫時解除。

雖然很沒禮貌，但這畫面讓他想到了浦島太郎的故事。被臭小鬼圍毆的海龜，在被浦島太郎解救之後，帶著對方前往龍宮，度過逍遙快活的時光……

退到角落的海龜——不，是斐德爾，厲聲喝斥，「賀福星！你要毀了人類嗎?!」

這麼大的陣仗！這麼大規模的死靈兵團！絕對會給世界帶來毀滅性的災害！有了咒靈的陰獸，還有什麼能限制得了他們呢?!

「沒有！我只想安全畢業而已！」福星趕緊辯駁。「不用擔心！大家都會平安的！」

妖怪也是，人類也是。他不想看到任何一方勝利或敗亡，他期望的是真正的和平，而不是像冷戰時一樣的恐怖平衡！

「我們走吧。」福星對著身旁的麗輕聲下令，「帶我離開淨世法庭。」

麗夫人轉過身，面向福星。當福星以為自己的指令傳達有誤時，麗夫人微微蹲下，忽地一把抱住福星的腰，猛然將他舉起，拋向肩頭，豪氣萬千地扛起福星。

呃，好吧，畢竟他跑不快，也只能這樣了，但至少也用公主抱吧……

接著，麗夫人踏著酒紅色的高跟鞋，維持著絕佳的平衡感，跨著穩建的步伐，朝著大門飛奔而去。

禁閉的鋼板大門幾秒後出現在眼前，複雜的封鎖只有高層相關幹部能夠開啟。但麗夫人沒有停駐的打算，腳步反而加快。

「喂！慢著！門還沒開！妳看不見嗎?!妳真的看不見嗎?!啊——」

快要撞上門板前約一公尺的距離，麗夫人矯捷地躍起，猛力旋身，朝著門扉甩出了一個俐落的迴旋踢。

「啪滋——轟！」咒力互相衝擊造成的電流聲，加上鋼板毀損的聲音前後響起，接著是震耳欲聾的爆裂聲。

被扛在肩上的福星搗起耳朵，差點滑落，但立即被麗夫人甩回原位。

落地站定後，她再度踏起輕盈的腳步，領著其他咒靈，朝著前方筆直前進。

看著麗夫人身後破了個大洞的鋼板門，福星嘖嘖稱奇。

高跟鞋果然是人間最狠毒的凶器……

燄紅的身影在淨世法庭內穿梭，自地底的樓層往上爬升，找尋著出口。

淨世法庭本部的結構複雜，有如迷宮，有些走道相通，有些走道是死路。隨著時間流逝，距離出口仍有相當長的一段距離，前來阻擋的追兵也與時俱增。

跟隨在麗身後的咒靈們，陸陸續續地被制伏。當咒靈眼上的封條被扯去時，兩道柔和的鵝黃色光流自眼眶瀉出，光流盡時，咒靈便像被拔去電池的機器，倒地不動。

隨著咒靈的減少，護送著麗夫人及福星的屏障開始出現漏洞，淨世法庭的人馬也更加逼近。他們數度差點抓到福星，但都被福星與他的「新武器」一一擊退。

「走開走開！退下退下！」福星奮力地揮動鎮魂鐘，往逼近的襲擊者頭上敲去。

「鏗！鏗！鏗！」

清脆的鐘聲接連響起，額頭被厚實的金屬鐘重擊的攻擊者，耳邊腦中震盪著鳴聲，雙眼昏花，倒地不起。

福星滿意地點頭，對著鎮魂鐘投以讚許的眼光。

不愧是神器，絕頂好用！

麗夫人一面前行，一面閃躲自正面而來的攻擊者。縱然她身手矯健，但肩上扛著重物，加上不減反增的追捕人馬，她的腳步開始停滯，行動逐漸遲鈍。

在經過某段走道交錯的中繼站大廳時，福星赫然發現，對方的人馬早已駐守在面前的所有通道口，身後的追兵隨即趕到。前道窒塞，退路斷阻，動彈不得。

福星不安地張望著，發現圍守在周遭的咒靈兵團，不知何時已全數倒地。

「福星，停止吧……」斐德爾走到福星的視線之內，悠悠地勸告著，「你走不了的。」

福星咬牙，一臉懊惱，「我不能留下。」

斐德爾長嘆，苦口相勸，「趁事情還沒鬧大、場面還能收拾之前，停止吧，福星。」

「你確定這場面還能收拾，斐德爾？」冰冷而帶著怒意的男聲，忽地傳來。

斐德爾的臉色驟變，向來從容的臉龐瞬間閃過明顯的慌亂。場內轉為一片死寂，淨世法庭的成員們屏息站立原地，不敢妄動。

穩重的腳步聲逐步清晰，在某一條通道口，人群緩緩地退向兩旁，恭敬地讓出條通道。

「伊利亞大人……」斐德爾啟步，想走向伊利亞，但被對方以冷厲的目光制止。

穿著白袍的伊利亞，緩緩步入中央。先是看了看麗夫人，接著視線往上移，看向麗夫人肩上、臀部朝著自己的傢伙。

「大半夜在指揮總部上演這種鬧劇……」伊利亞的眉頭皺起，輕輕地搖了搖頭，不發一語。

福星雙手搭在麗夫人的肩上轉過上半身，望向身後，看見來者，驚喜地叫出聲，「瑟芬?!」

伊利亞盯著福星。福星稱呼他的名字，讓他略感詫異。

「瑟芬是第五十八代的名字。我是第七十七代宗長，伊利亞。」聽見福星說華語，伊利亞也以華語回應。

「是喔，你長得和瑟芬很像。」

嗯，仔細看的話，好像有那麼一點不同，雖然外貌神似，但是兩人散發出來的氣質截然不同。

嗯，不過，為什麼他會有種感覺，彷彿記憶中，有另一個人也有著相似的容顏……

周遭的人靜靜地看著宗長與造成騷動的少年對話，不敢吭聲。冷著臉的伊利亞，美豔的死靈麗夫人，以及掛在麗夫人肩上、一臉狀況外的賀福星，三人組成一種怪異荒誕的畫面。

福星知道伊利亞不是瑟芬，但是看著那熟悉的面孔，對這陌生人的戒備之心不禁鬆懈了下來。

「每一代宗長都長得相似，這就像是個記號。」伊利亞盯著福星的臉，仔細地審視著，臉上掠過些許詫異，「我認得你。」

雖然他看過特案十三號的照片，但那是監視器的截圖，晃動不清，和實體有所差距。特案十三號檔案裡的名字是以羅馬拼音拼成，讓他一時沒想起這個名字與回憶中人的關聯。

直到現在，親眼見到賀福星，明顯的既視感立即浮現。

在腦海深處，自歷代已故宗長傳承下來的記憶之中，在往世回憶的洪流之中，他有印象，過去的自己曾經與眼前的少年會面——當他名為「瑟芬」之時的年代。

「賀……福……星……」伊利亞反覆咀嚼著這個名字，同時在腦中搜尋更多過往的回憶。一幕幕屬於數代以前意識體的記憶，像陳舊的影片，在腦海中快速地跑過。

「伊利亞大人？」看著伊利亞的反應，斐德爾感到困惑。

「哼。」冷笑聲自伊利亞喉間發出，「斐德爾，你上回的檢測是做假的？他是陰獸，蝙蝠精，你竟然說他是人類。」深色的眸子射出森冷的光芒，「難道你再度被可笑的情感蒙蔽？」

「不是的！」斐德爾趕緊向前，單膝下跪在伊利亞面前，「造成這麼大的騷亂，屬下萬分抱歉。但這並不是出於包庇或失誤！檢測的結果確定無誤，賀福星並不是陰獸。況且，他竟然能隨心所欲地操控聖器鎮魂鐘，這足以顯示他的身分非比尋常。」

斐德爾停頓了片刻，大膽地吐出自己的假設，「我認為，賀福星可能就是神諭裡的終戰之人，因此才會——」

伊利亞無奈地輕嘆了聲，「這是他和瑟芬合作出來的鐘，裡面有他的痕跡。」

記憶中，只是半成品的鎮魂鐘，在賀福星協助施咒後，才得以啟動。瑟芬製造出鎮魂鐘的軀殼，賀福星為鎮魂鐘注入靈魂。

「他也是製作者，當然能操控鎮魂鐘。」

斐德爾微愕。他不明白賀福星為何也是製作者之一，難道，賀福星活了三百多年？真的是陰獸？

「能夠製造出聖器，他的身分應該和一般陰獸不同……」斐德爾再次為福星辯解，但語調裡多了點心虛。

「就算如此，憑著他此刻的作為，你應該也判斷得出，他不會是我們這方的人。」伊利亞冷聲提醒，不給斐德爾再次開口的機會，凜然下令，「將這人押下審問，若是抵抗，直接銷毀也無所謂，狩儀已不缺魂玉。」

「伊利亞大人！」斐德爾想制止，但宗長至高無上的身分，是不容抗辯的。

福星瞪大了眼，不安地緊抓住麗夫人的肩。麗夫人立即擺出戰鬥的姿態，準備迎接隨時向前的攻擊。

他真的走投無路了嗎？

有點無力地在心裡嘆了聲。比起面對死亡的恐懼，無奈、歉疚和無盡的惋惜與擔憂，更強烈地占據了他的心。

如果他不在了，他的家人和伙伴應該會很傷心吧。理昂和以薩還會和好嗎？戰爭什麼時候才能終止？最後獲勝的是哪一方？失敗的那方，下場會是怎樣？

當年莉雅被淨世法庭的人殺害，理昂為了她，陷入復仇的恨意當中。和理昂相處了兩年多，理昂那長滿刺的心，好不容易柔和了些。這次如果他也遇害了，理昂會不會再次陷入仇恨之中？

或者，更糟，他的親人、他的其他伙伴，全都陷入名為憎恨的泥淖？

看著掌中的鎮魂鐘，福星苦笑。他果然成就不了什麼大事，就算拿到這麼強大的武器也一樣。

福星抬頭，目光剛好和一臉憂慮的斐德爾相視。他抓了抓頭，一如往常，露出了尷尬的笑容，就和他每次搞砸事情時都會露出的蠢笑一樣。

「不好意思，給你添麻煩了，嘿嘿……」

斐德爾咬牙，不忍地轉開視線。

淨世法庭的人馬戒備著，盯著麗夫人與福星，緩緩逼近。

看著這樣的陣勢，雖然福星明白自己已陷入絕境，但不知道為何，他的心情卻沒有想像中沉重，總覺得這一切很不真實，覺得好像沒這麼容易就結束。

潛意識裡一直有個聲音，隱隱安撫著他，眼前的處境並非絕境，他絕不會死在這裡——

「因為，你是我的王將啊，福星……」

陌生的語調在腦海中響起，卻讓他感到異常地熟悉。

那句話是誰和他說的？

像是在回應福星的問題一般，地面開始微微震動。並不是地震，而是上方建築被重擊，鋼筋梁架間傳遞過來的力量餘波。

眾人停下了腳步，彷彿在側耳聆聽著什麼，隨即目光齊齊望向大廳一側的走道交接口。

福星順著其他人的目光回頭，只見一名穿著黑色上衣的少年，一派清閒，像是參觀畫展一般，邊走邊打量著周遭。

淨世法庭的所有人皆愣愣，眼底出現難以言喻的困惑。

少年的容顏和伊利亞幾乎如出一轍，除了伊利亞的外貌較為成熟以外，兩人的容顏有如鏡射一般。

「原來這裡就是陰虱們的巢穴。」少年發出一記淡淡的蔑笑，「躲在地底下，非常符合你們的作為。」

SHALOM ACADEMY

Chapter06

得罪了方丈還想走

SHALOM ACADEMY

少年逕自穿越人群，緩緩步入場中，所經之處，淨世法庭的成員紛紛退讓，開出一條通道，如被摩西分開的紅海一般。

少年身後的地面上留下殷紅的腳印，那是血的顏色。

福星對這不速之客有著強烈的熟悉感，但不是因為見過瑟芬或伊利亞讓他產生這樣的感覺，而是像理昂還有夏洛姆的其他伙伴一樣，彷彿在過去兩年多的時光裡，這少年也參與在他的生活之中。

「伊利亞大人……？」斐德爾的視線在少年與伊利亞之間徘徊，充滿了不解和惶惑。

少年走向麗夫人身後，看著掛在麗夫人肩上一臉茫然憨呆的福星，忍俊不禁地笑了聲，搖了搖頭，接著溫柔地開口，「走囉，福星。」

「你是誰？」他認得這個人嗎？

「是我呀。」少年稍微加重了音量，像是提醒，又像是命令，「你認得我，你記得我。」

一陣厚重的暈眩霍然罩上意識，覆蓋在意識上的咒語被卸除，有種腦袋蛻去一層皮一般，令福星產生極度的不適，但思緒同時也有久違地輕鬆與清晰。

福星按捺著額角傳來的陣陣麻痛，辨識出眼前的人，「悠……猊……」

被壓抑的記憶開始流動，在夏洛姆西園樺樹下愉快的閒談時光一一浮現。當然，用來掩飾悠猊存在的不合理處而設下的暗示與催眠同時解除。

看見熟悉的「同窗好友」出現眼前，福星並未感到驚喜，而是如夢初醒地驚恐。

圍繞在外圈的淨世法庭成員，開始傳起細小的騷動。低語聲像爬過地面的蜘蛛一般，無聲地傳遞著令人顫慄的訊息。困惑的氛圍被惶恐取代，每個人噤聲，有如待宰的羔羊，不敢妄動。

上頭傳來的通報，是在倖存者帶著痛苦的嘶啞聲中傳達至此。在場的人此刻知道了，少年腳底下踩的是何人的血。

「你要……做什麼？」福星遲疑地吐出問句。

「接你回去。」

「回夏洛姆嗎？」福星的眼睛一亮。

「是呀。」悠猊咧起燦爛的笑容，「回去毀了它。」

毀了那困縛他身軀的牢籠，讓他得到完整的自由。

福星的臉立即僵化，不知道該作何反應。

「你和伊利亞是一伙的？」悠猊是淨世法庭派來毀滅夏洛姆的間諜？

「伊利亞？」悠猊挑眉，順著福星的目光向旁望去，那張和自己神似的容顏映入眼底，使他略微詫異。「……你是？」

「好久不見。」伊利亞臉色沉鬱，他以帶著些許惋惜的口氣，冰冷地開口，「北行的那一位。」

當這名少年出現的那一刻，他的靈魂開始翻攪，沉澱在記憶之潭底處的歷史，湧上表層。

他認得他。

那是他成為宗長之前的過去，他轉生為人之前的回憶。

悠猊佇立，仔細審視著伊利亞，審視著他的靈魂。然後，他懂了。

「你是南行者。」

他的同類，唯一的同類，第一次奪去他自由的主使。

「我以為你歸於虛無，看來你只是捨棄肉體。」悠猊冷笑，「沒想到你竟然選擇寄生在卑賤的人類身上。為了束縛住我，你的犧牲還真不小。」

「為了掙脫束縛，你也只剩下靈體。」伊利亞反唇相譏，「連寄生的軀體也沒有，你那卑賤的靈魂，將化為塵埃。」

在遠古的歷史之端，北行者認為主導文明的人類是汙染世界的病源，因此打算毀滅人類，讓屬於弱勢少數的特殊生命體，掌握世界發展的主導權。當自己唯一的同伴做出決定時，他也立刻選擇走上和同伴相反的道路。於是南行者的他，義無反顧地選擇站在人類這一邊。

「少自以為是了，你設下的封印三百年前已經被我摧毀。」悠猊不屑地輕笑，「可惜，出來沒多久，就被一個自作聰明的女人關入新的籠子裡。」

悠猊的話讓福星腦中突然靈光一閃。難道，悠猊就是寒川說的、那位被封印的神獸？

「真可惜。」伊利亞冷哼，勾起算計的笑容，「你應該乖乖待在籠子裡的。」

他張開手，掌心亮起水藍色的光，黏稠的光流滴落地面，瞬間擴散到整個空間，在地面、牆面、天花板布滿了密集的符紋——太古之初，人類所未聞未見的神聖文字。

自靈魂深處凝煉出的神聖力量，將淨世法庭化為羅網。雖力量已遠不如當年，但對於只是半靈體的悠猊足以構成威脅。

悠猊皺眉，但立即回復從容的淺笑。他彈指，在地面上的網絡投下變質的咒語，原本只限定對異界生物有效的符紋，也開始影響人類。淨世法庭的成員開始發出刺耳的慘叫，紛紛倒地，痛苦呻吟。

伊利亞心頭一驚，趕緊將咒語撤除。趁著這空檔，悠猊劃破空間，製造出與外連結的光道，接著一把抓住福星，旋身躍入空間裂縫之中。

光道閉合，消失，兩人已不見蹤影，像是未曾出現過一樣，沒留下半點足跡。

靜謐重回大廳。痛苦解除後，眾人戰戰兢兢地站起，茫然而不安地將目光集中向伊利亞。

「伊利亞大人，剛剛那位是？」斐德爾出聲問出所有人心中的困惑。

伊利亞沉著臉，悠猊的現身讓他的心情陷入未曾有過的煩躁。「是過去的敵人。」或者說，過去的朋友，過去的手足。

「他是陰獸？」斐德爾斗膽開口，「為何他與伊利亞大人您如此相像？」

伊利亞冷冷地望了斐德爾一眼，「至上神賜給我們自由意識，總是有靈魂會受黑暗吸引。即使是擁有超凡神力的靈體，墮落之後和汙濁陰獸並無兩樣，都是敵人。」

「我明白了。」

「淨世法儀即將完成，再過二日便可正式啟用。」伊利亞朗聲宣告，「屆時，便是最終戰役的開戰之日，世界的淨化之日。」

淨世法庭的成員們士氣頓時鼓舞，紛紛呼喊起殲滅敵人的口號。

「進入備戰狀態，總指揮的任務就交由你負責。」伊利亞額角冒著冷汗，方才過度使用力量，已在身體上產生副作用。「在開戰之前，我會在聖堂中禁閉，為聖戰祈禱。」

斐德爾恭敬接令，目送著伊利亞離去。

伊利亞轉身，回到屬於自己的聖堂之中。挑高的雪白空間裡，中央有塊高起的平臺，有如祭壇。伊利亞坐在平臺邊的臺階上，張望著這個自己待了四十年的空間。自從六歲時被淨世法庭接回後，已過了四十年，他的一生注定在此地奉獻至終老。

他的外貌雖看似年輕，縱使神獸的靈力讓他的老化比一般人遲緩，卻無法讓他的心靈恆常剛健。縱然擁有強大的力量，但靈魂未必如同外在堅強。任何一個生命都一樣，人類如此，陰獸如此，聖獸亦是如此。

想起了悠猊，他忍不住發出自嘲的笑容。

他們都是困獸，各自受困在不同的束縛之中。有形的牢籠，無形的牢籠，限制著彼此。

這麼多年來，這麼多世的轉生，他的靈魂感到乾渴枯竭，亙遠的孤寂一點一滴地侵蝕著他。

他不敢承認，當剛才北行者出現時，他的內心其實有股原生的雀躍與欣喜。

該結束了。他的使命就是將北行者關回牢中——不，是徹底毀滅。

即使耗盡靈魂裡最後的神力，即使最終的下場是同歸於盡，都必須執行。

同歸於盡……

呵，不知為何，他似乎有點期待吶……

大半牆面毀損的校長辦公室，堆放著斷垣殘瓦，一地狼藉。夜風灌入破損的空間，逼人正視這不堪的現實。

「那個人是誰？」布拉德咋舌，看著那有如被砲彈轟炸過的辦公室，對方才那位不速之客的能力感到由衷地敬畏。「雖然他穿著制服，但應該不是學生吧。」

桑珌不語，逕自站在牆垣邊，遠眺著無盡的黑色天幕。

「那是公理之獸。」寒川代為解釋，「封印在學園裡的神獸。他的名稱很多，麒麟、獨角獸或白澤，都是不同時期、不同文化的人給他的稱呼。」

「什麼？」

「公理之獸在三百多年前被封印於此，這個空間既是學園，也是封獸的結界。」

「我不得不說，這個結界似乎有點差勁。」小花冷冷諷刺。

「而且我很確定入學須知裡沒有提到這點！」丹絹有點惱怒。

「所以呢？」寒川無力反問，非常不耐煩地皺眉，「你要去消基會檢舉我們嗎？」

「公理之獸現身的目的是什麼？」理昂直接切入重點，「為什麼挑在這個時間點出現？革新世界是什麼意思？還有——」

他咬牙，停頓了一下，「他說我們是廢物，是因為我們讓福星被擄走？」那傢伙和福星又是什麼關係？

「不知道。」沉默不語的桑珌忽地開口。

「不知道?!」

「我們一直無法理解神獸的想法，從古至今皆是。」桑珌轉身，「我們能確定的只有兩件事：他會回來，他會帶來毀滅。至於是否和賀福星有關，是否與淨世法庭有關，這無從知曉。」

「那，你又是誰？」紅葉嬌笑著發問，語氣嬌媚，話語卻非常尖銳，「你也是某種神聖的畜牲嗎？」面對這麼混亂的情勢，身為領導者的桑珌卻一無所知，這讓她感到非常不滿。

「無禮！」寒川斥喝。

桑珌不以為意，開口解釋。

「我的族人自文明起始之初，當人與非人、人與神靈雜揉生存在於同一個空間時，便擔任祭司及神官的職位。當人類掌控世界發展，成為文明發展的主導者後，大多數的高層神靈體選擇離開物質界，將世界的舞臺讓給人類。只有公理之獸仍留在物質界，行走於世間，默默地以間接的方式淨化汙濁，為人間帶來公理及盼望。」

「完全看不出來。」

「公理之獸一直是我們族人侍奉守候的對象，直到鑑別善惡的公理之獸變質——」

「簡單來說，就是你們養的寵物不聽話，然後你們把他關起來，現在他掙脫獸籠跑出來報復作亂，」小花漠然地分析，「所以這是個人恩怨囉？」

「變質的公理之獸在世界各處引起戰火，讓人類自相殘殺，讓他所認定的汙穢互咬互鬥，自行毀滅。我不認為這可以詮釋為個人恩怨。」桑珌不慍不火地說著。

「那，現在該怎麼辦？」珠月怯怯開口，「……現在的我們能做什麼？」

桑珌對珠月揚起安撫的微笑，「公理之獸尚未完全解脫封印，他必定會歸來，所以我們必須增加鎮守學園的援軍。這個部分，學園會處理。」桑珌看了小花一眼，略帶自嘲地輕笑，「畢竟這是『個人恩怨』。」

小花不好意思地撇開頭。

「其次，賀福星仍在淨世法庭的手中，所以救援行動依舊得執行，這任務就交由你們全權負責，包括公理之獸的離開是否與賀福星有關，這也必須靠你們自己去調查。需要用到的資金和武器，夏洛姆全數支付供應，但我們無法給予人力支援。」桑珌苦笑，「說來慚愧，光是要應付公理之獸，夏洛姆已經有些自顧不暇了。」

理昂等人對桑珌投以感激的目光。「這樣已經夠了。」

學員們鄭重地對桑珌和寒川點頭致意，接著轉身離去。

看著那遠去的背影，桑珌揚起淡淡的淺笑，「這些孩子成長不少吧。」

「嗯。」

「還不到三年，占不到他們整個生命百分之一的時間，卻讓他們有如此轉變……」桑珌欣慰地低語著，「能夠想出『學校』這種東西，人類真的很了不起。」

「嗯。」

「希望這間專屬於特殊生命體的學校能夠長存。希望未來的某一天，夏洛姆能夠招收人類學生。」桑珌悠悠長嘆，「希望我看得見那時的光景。」

寒川重重地拍了桑珌的肩，「還沒出戰，別講這種窩囊的喪氣話！想看的話就努力點，撐過眼前的難關吧！」

桑珌看著寒川的手，對寒川的言行感到詫然。「你似乎越來越肆無忌憚了。」

「神獸出籠，學生被擄，敵人在前，還有什麼更糟的情況值得顧慮的？」

離開校長室，眾人分散行動，各自利用專屬的聯絡網路集結人馬前來支援。約兩小時後，全數回到三C專屬交誼廳。

「南方聯盟願意全力搜救賀福星和守衛夏洛姆。」以薩報告。

「美西獸族部落表示願意支持，」布拉德開口，「族長還在召集其他各地的同伴，人數應該會再增加。」

「東南太平洋海域的水棲族裔也會參與，只是趕來需要點時間。」珠月回報。

「夏洛姆所有的學員、包括他們的家屬，也都表態願意支援。」小花和紅葉同時回來，還帶了有力的幫手，子夜。

「全校？」丹絹驚訝，「怎麼辦到的？」

「色誘、利誘、威脅、恐嚇。」小花輕描淡寫地回應。

「蠢蜘蛛，你做了些什麼呢？」紅葉調侃，「該不會是嚇到屁股噴絲回去換褲子了吧？」

丹絹冷冷地瞥了紅葉一眼，「我沒你們那麼大能耐，沒那麼龐大的人脈。我去圖書館查了些資料。」

「辛苦你了。」紅葉淺笑。她知道每個人的處境與背景不同，不能以同一個標準評論對方的付出。

丹絹繼續開口，「被封印的公理之獸處於靈體的狀態，雖然能施展七成的力量，但是並不穩定，而且只能維持一日，超過一日就必須附身在其他驅體上，並非長久之道。所以他必定會歸來破壞封印，得到完整的自由。我們還有兩天的時間。」

「兩天？你哪來這麼確切的數字？」

「兩天之後是冬至，夜至長晝至短之日，是光明與黑暗勢力消長的轉捩點，全世界的異能力、咒語、巫力，所有超自然力量的磁場都會受到干擾與影響，同時也是夏洛姆所處的空間裂縫的第一次異變期。

「這一日，空間的整體結構會進入相對鬆散衰微的狀態，內部自體更新轉化，像是蛻皮一般自我革新成長。錯過了這次，將不知等到何時才會再遇到類似的情況，而且過了這日，空間裂痕將會變得更堅固、更難以突破，因此公理之獸必定會在那之前回來。」

丹絹稍微停頓了一會兒，「所以我們除了準備對抗公理之獸的武力之外，必須找來一批善於操控元素結界的族裔，來穩固空間的存在。」

丹絹說完，所有的人都露出詫異的神色，既是驚訝又是敬佩。

「你怎麼查到這些資料的？」紅葉非常好奇，「你怎麼知道公理之獸現在的狀態？」

丹絹嘖聲搖頭，「剛才桑珌校長不是有說嗎。他對公理之獸說『你還是沒變，雖然是靈體』。妳都不認真聽別人講話的嗎？」

「只是那一句話，你查到這麼多？」她就算記得桑珌講了什麼，也不會去聯想到這麼多東西。「你還挺酷的嘛。」

「妳應該看看他的課堂筆記，根本是逐字稿。」翡翠見怪不怪。

「記個一、兩句話沒什麼難的，真正有難度的是資料的取得方式。」受稱讚個兩句，丹絹立刻得意了起來，「這些知識全都記載於遠古的手抄本中，是極機密的文件，全都收藏在圖書館的禁書區裡。當然，裡頭的書一般學生無法借閱，連教職員要借閱都有一定難度。但憑我是夏洛姆創校以來第一個特級白金借閱者，輕而易舉就——」

接下來的話語被紅葉阻斷。紅葉伸出手，纖長的指頭輕輕點在丹絹的嘴唇上，中斷了滔滔不絕的自戀言論。

「夠了，再囉嗦就不酷了。」紅葉漾起燦爛而嫵媚的笑容，「你做得很好，小蜘蛛。」

丹絹的臉瞬間轉紅，他撇開頭，躲開紅葉的指頭。

「這只是搜集資料的常識，沒什麼了不起的……」他悶悶地說著，「還有，不要用手碰我。」

「竟然學會謙虛了呢。」紅葉笑瞇了眼，壓低聲音靠向丹絹，「下次我會記得用嘴碰你。」

丹絹像受到驚嚇的鳥一樣向後退了一大步，然後惱怒地喃喃自語，抱怨著只有自己聽得見的話語。

「若是說善於操控元素的族裔，那就是精靈了。」翡翠悠悠出聲，「如果能得到精靈界的援軍的話會更有利。我所屬的雅斯拉家族會前來協助，但是人數有限。精靈界目前是沛路爾家族掌握主權，只有他能策動各系精靈部族，我剛已經拜託希蘭去遊說藍思里。」

「結果呢？」

「藍思里說需要評估情勢再考慮。」翡翠扼腕，對於自己同族的作為感到汗顏。

「真是廢渣……」

「喔，關於這一點，不用擔心。」丹絹忽地開口，「賀芙清會解決。」

「啥？」眾人對這突然出現的名字感到錯愕。

「賀芙清就是福星的姐姐。」

「我們都知道她是福星的姐姐，」布拉德冷冷吐槽，「但是為什麼和她有關？」

「福星出事，和他姐姐報備一下是應該的吧。」丹絹搖了搖頭，露出不能苟同的表情，「我剛順便去醫療中心一趟，把事情的經過和她說明了一下。」

眾人當下有種當頭棒喝的感覺。

大家自顧自地安排著拯救福星的「偉大」計畫，沒有人想到賀芙清，另一個同樣關心福星安危的人。

特殊生命體界獨來獨往慣了，在獨立之後，就必須自行處理所有問題。同樣地，也必須自行負擔所有責任。家人也好，同伴也好，不過問私事、不干涉決定，便是最高的尊重和肯定。即使心裡有無限的牽掛。

他們忘了這樣的習慣，在賀福星家並不適用。

「沒想到你的心思挺細膩的嘛。」翡翠讚賞。

「拜託，人類社會禮俗交誼這堂課裡都有教。」丹絹沒好氣地挑眉，「第一冊第七章十四節之二：遇到無自主能力之幼兒走失的情況，必須告知家長，表示關切，給予安慰。你們那六學分三學期的課是怎麼通過的？」

「雖然學過，但我從來沒想過這東西有學以致用的一天。」

「丹絹真了不起！」珠月崇拜地看著丹絹。

「沒什麼。」丹絹得意忘形地繼續開口，「類似的情況還有第十章第六節之七：遇見重大事故、病痛之罹難者，必須通報家屬。」

「這句可以省了，你這烏鴉嘴。」布拉德臭著臉斥喝。

「但是，賀芙清能做些什麼?連屬於五大家族之一的希蘭都無法說服藍思里了，賀芙清只是個沒有後臺的精怪，她能勸得動藍思里?」

「噢噢，她能做的可多了。」回想起方才的情景，丹絹忍不住勾起嘴角，「而且我認為她不打算『說服』藍思里。」

當他把事情經過和情勢大致向賀芙清分析解說完畢後，賀芙清立即掌握重點。

「精靈界的主權掌握在藍思里手上，那個活在自己肛門裡的臭東西絕不會出手協助。」賀芙清一臉冷漠，但從她的用字遣詞便透露出她的情緒已在暴走邊緣。

「呃，是的。」丹絹努力維持鎮定，讓自己不被賀芙清的措詞影響。

「很好，我早就看他不順眼了。小柿！」賀芙清對著藥庫喚了聲，橘紅色的小身影立即飛近。

「去把三號盒裡的藥劑裝入攜帶型保溫箱，全部。」

小柿眨了眨眼，有點驚訝，立刻一言不發地飛入。

「妳想怎麼做？」

芙清起身，脫下白色長袍，收拾著東西，「稍微教訓一下某個社會化不完全的少爺，讓他了解做人處事的道理。」

「精靈族可不好對付。」

「只要是生物，就會生病。」賀芙清勾起殘酷而冷豔的笑容，「全身長滿梅毒、菜花和皰疹，那些高貴的精靈還能堅持多久呢？」

丹絹咽了口口水，對賀芙清深深地鞠躬，表示敬意。

「賀芙清已經出發了，使用空間移動室的話很快就會到達沛路爾家本部。」丹絹看了看表，「再過一下應該就會接到藍思里的消息。」

「可怕的女人。」布拉德不由得為自己的兄長捏了把冷汗。

保重了，萊諾爾，千萬別做傻事啊……

所有人一言一語地討論著，只有理昂沉默不語。

和夏格維斯家族切斷關係後，他什麼也沒有。沒有以薩和珠月那樣的人力，沒有丹絹那樣的智慧，沒有翡翠那樣的人脈，也沒有小花、紅葉那樣的辦事手段。是他的族人讓福星陷入困境，他卻連贖罪和挽救的餘力都沒有。

他憎惡這樣的自己。

忽地，一袋裝著馬芬蛋糕的塑膠袋遞到面前。

「要不要吃？裡面有包巧克力醬喔。」洛柯羅一手拿著袋子，另一手拿著塊蛋糕，邊吃邊問，嘴角還沾著褐色的醬。

理昂搖頭，忽然想到，洛柯羅的處境和他一樣，一樣派不上用場。看著依舊樂天、依舊傻乎乎的洛柯羅，理昂突然對這傢伙感到敬佩。

「理昂，你肚子不舒服嗎？」洛柯羅認真地詢問。

「並沒有。」理昂皺眉，不理解這推論從何而來。

「我以為你擔心自己會不小心擠出腸道裡的氣體，所以故意坐遠一點。」洛柯羅露出放心的笑容，坐在理昂旁邊，「開心點，你的表情和餿掉的乳酪餅一樣臭。不用想太多啦。」

「我和餿掉的乳酪餅一樣，不僅沒用，還會影響氣氛。」理昂有點自暴自棄地低語。

「你也很重要呀，只是目前還派不上用場。」洛柯羅理所當然地說著吃著，「就像我一樣。」

你能幫得上什麼忙？你能戰鬥嗎？

理昂在心中暗忖，沒把這話吐出，只是委婉地勸告，「你不用上場戰鬥也無所謂。」

「哼哼哼！別小看我！」洛柯羅不滿地哼了兩聲，將最後一口蛋糕扔進嘴裡，舔了舔指頭，再從袋裡拿出一個，「洛柯羅可是很厲害的呢。」

「是嗎？」理昂不以為然。

「是啊。」洛柯羅得意地笑著，「我很會吃，我會把敵人的靈魂全都吃掉，像以前一樣。雖然惡靈的味道很差，但只能吃那個。還是點心好吃，甜甜軟軟的。」

洛柯羅舉起手中深褐色的馬芬蛋糕，移到面前，「雖然都是黑色的，汙濁不透光的黑色，味道卻天差地遠。吃了幾千年，感覺連自己的靈魂也變成那樣濃稠深沉的顏色。」

理昂盯著洛柯羅，一瞬間，他忽然覺得眼前的人似乎不像想像中地簡單。

他想到公理之獸對洛柯羅所說的話——

「你有地府冥河的黑色氣息……」

理昂不禁警戒，「你是誰？」

「我是洛柯羅呀！」洛柯羅的表情一如既往地呆傻，皺眉撇嘴，彷彿理昂問了個很蠢的問題。「理昂，你是不是真的吃到餿乳酪餅？怎麼講話怪怪的。」

理昂看著洛柯羅，對自己的小題大作和猜想感到荒謬，自嘲地笑了聲。

洛柯羅繼續自顧自地說著，「我是洛柯羅，是賀福星的朋友。」

「嗯。」

「你也是。」洛柯羅認真地看著理昂，「理昂．夏格維斯，是賀福星最重要的朋友。也是我們最重要的伙伴。」

理昂不語。他覺得自己不配。

頎長精碩的身影走向面前，理昂抬頭，只見布拉德雙手環胸，一臉不耐煩地。

「你蹲在這裡幹嘛？寒川已經追蹤到福星的指環所在的位置，該出動了！」

理昂挑眉，對於布拉德主動來找他感到詫異。

面對眼前的邀請，他相當遲疑，畢竟，他是導致賀福星被擄走的原因。

「我們是因為福星而成為伙伴，但就算少了福星，我們也還是伙伴。」翡翠淡然地點破理昂的心結，他知道理昂在顧慮什麼。

「光是出現在這裡已經很了不起了。你是捨棄了所有的東西才能站在這裡，你的犧牲遠超過我們。」珠月微笑說著，「所以，不用想太多。」

「況且少了你，我們的戰鬥力就會減半。」丹絹現實地說，「多一點人也能分散傷亡的風險——哎唷！幹嘛踩我！」

「再不閉上你的烏鴉嘴，等一下被踩的將是你的陰囊。」紅葉媚笑，「還是說你很期待？」

「低級！太低級了！」丹絹神經質地哇哇大叫。

紅葉呵呵笑著，彷彿平時一般。

每個人都神色自若，絲毫不見緊張的氣息。但每個人也都心知肚明，大家是勉強自己忽略危急的情勢帶來的壓力。

這次面對的，是生死交關的戰役，是否能順利帶回福星，有幾人能平安歸來，全然未知。

理昂沉默，雖然表面依然冷淡，但複雜的情感充滿內心。

「好了沒啊？」布拉德不耐煩地催促，「是不是貧血啊？要不要我去女生澡堂抓幾個洗乾淨的處女讓你舔一舔？」

「你們是約好一起拋棄羞恥心嗎?!」耳朵不斷被汙穢的言詞汙染，丹絹惱火地斥責。

「吠夠了就閉嘴。」理昂起身，冷冷地瞥了布拉德一眼，嘴角勾起淺笑，「走吧。」

Chapter07

戰前夜長無盡

沉重的暈眩漸漸散去，但沉重的壓迫感仍滯留在腦中，隱隱抽痛著逐漸清晰的意識。

刺眼的光照在臉上，福星揉了揉眼睛，緩緩睜開眼皮。

「嗚……」幾點了？他睡過頭了嗎？

福星翻了個身，一陣墜落的速度感襲來，睡意瞬間消散，他發現自己正頭下腳上地往下掉。

「啊啊啊啊啊！」

忽地，腳踝被一股力量抓住，將他向上拉，丟回自己原本躺著的地方。

福星坐在地上，向後退到底，背後緊靠著牆，膽戰心驚地往遠處眺望。他發現自己處在一座很高的古老建築物上，以巨石砌成，周遭圍繞著較矮的石柱，有如神殿。

旭日飄浮在地面上方，有如一只光輪，以肉眼難以看出的速度，向天頂中央爬升。

「這裡是哪裡？」

「南行者的祭壇。」悠猊不屑地踢了一腳已風化的石階。

「悠、悠猊？」福星不確定地喚了喚眼前的人，所有被掩蓋、被蒙蔽的記憶浮現，福星對眼前的人，既是熟悉，卻又陌生。

「你是誰？」或者他該問：你是什麼？

「我是悠猊。我有很多種名稱，卻沒有屬於自己的名字。」悠猊笑著走近福星，「或許『公理之獸』這個名詞你比較熟悉吧。」

他們沒有名字。悠猊是他自己取的，用人們稱呼他的名字，獨一無二，至聖至潔，象徵永恆不變、純潔和堅定的獨角獸（Unicorn）。

福星愣愣。

公理之獸？在三百年前引發戰亂，為了特殊生命體而企圖毀滅人類的神獸，竟然就是悠猊?!

「呃，所以，嗯……」福星腦子一片混亂，一時之間不知道該說什麼，「你不是留級生，也不是學長……」

悠猊笑了笑，「是的。」

「嗯。」福星點點頭，努力釐清思緒，「所以，是你把寒川變成那樣的？」

「是的。」

「嗯，所以，你的封印解開了？」他記得寒川說過，戰亂之後，特殊生命體界花了很大的心力才把神獸封印起來。

「還差一點。」

「喔，那還真是恭喜。」

該說恭喜嗎？他不知道。他根本不知道遇到神獸該說什麼。就像校花突然和他告白一樣，不真實又令人不安，與其說驚喜，不如說驚惶。

他想起《少年Pi的奇幻漂流》。此時的他，也和Pi一樣，和一隻凶猛如虎的狠角色待在這有如孤島的塔頂。

這時候該怎麼辦呢?召喚武松?

他看了塞在自己懷裡的鎮魂鐘一眼。咒靈應該對神獸起不了作用，他也不會蠢到想拿鎮魂鐘敲暈悠猊的腦袋。

福星抬頭，看著悠猊，「你剛說要毀滅夏洛姆……」

「是的。」

「為什麼?」

「因為那裡就是束縛我的牢籠。」

「喔喔，原來如此。」福星點點頭，一副好像理解的樣子，其實他腦子裡一片空白。

「那個，你和伊利亞是兄弟嗎?」

「我們是同類。」

他們是彼此在世界上唯一的同類，執行著神意的超凡之獸。

「我們在亙古之前被至上神所創造，一誕生即擁有絕卓的智慧與神力，一北一南，行走於世界，默默地守護著人類與特殊生命體之間的秩序，以及公理常道的運行，引導著易趨於惡的人們與特殊生命體走回正路。

「我們從不直接干涉歷史與文化的發展。我們在苦難中散布平靜與盼望，但從不直接將苦難移去，因為只有在苦難中，人的靈性才得以受到琢磨，光輝的一面才得以彰顯，軟弱才得以堅強——即使這只占了極少數。」

悠猊苦笑，笑裡藏著深深的厭惡。他繼續開口，「大部分的人在面對災厄時，只會陷入更深的苦毒及黑暗，製造出更多的禍殃。」

邪惡是會傳染的，大多數人的免疫系統無法通過這項考驗。

在過去，他們被當成神祇一般地祭拜，但他們知道自己並非神，而是執行唯一的至上神所給予的任務，他們一直安安分分地盡忠職守。

直到某一天，向北行的他，開始質疑至上神的存在。接著，他認定世上的汙濁與不公義無法以柔性的手段挽回，便決定直接出手，匡正這醜惡的世界。

聽著悠猊悠然的敘述，福星閉口，陷入沉默，許久不發一語。

悠猊笑望著福星，也不催促，靜靜地等著對方開口。

好半晌，低下的黝黑腦袋終於抬起，似乎終於回復思考能力。

福星深吸了一口氣，認真地看著悠猊，「悠猊……呃不，神獸大人。」

「嗯？」悠猊等著福星的發言。

他以為福星會向他許願、向他祈求。自古以來，當他身為神獸的身分曝光後，人們總是會開口向他要求各種東西，滿足各種願望。他一開始會無條件地給予，但是之後他就發現，那些願望通常被包裝、被美化，將醜惡的人性與欲念掩飾在偽善的謊言之下。

福星抿了抿嘴，羞澀而真誠地輕語，「那個……謝謝你來救我……」

悠猊愣愣，這回答超出他的預想。

異樣的悸動，不尋常的暖意，悄悄地覆裹住那長滿尖刺的心。

悠猊皺眉，用力地甩去那不受控制的情感。

「不用謝，這是為了我自己。」悠猊勾起自負的笑容，「你是我掙脫束縛的關鍵之鑰，也是我革新世界的重要王將。」

少了賀福星，所有的計畫將化為虛空。

「啥？」福星皺眉。「為什麼又是我？」

他什麼時候變得這麼重要了？大家是說好一起惡整他嗎?!一下子是淨世法庭，一下子是悠猊，他都聽膩了。

比起問清悠猊的身分，他更想問：我是誰？

「封印我的女人曾經預言，會有一個七月十七日降生，半妖半人、非妖非人的生物，進入結界所屬的時空裂痕之中。他能夠解開封印，終結所有變亂，開啟新世界。那個人就是你。」

「你怎麼知道？同月同日生的人這麼多，半妖半人的混生種這麼多，你怎麼確定是我？」

「因為你的血。入學之初，你在禁忌之塔後方的石陣裡弄傷了指頭，你的血滴在結界的主要封石上，讓封印產生了變亂，產生了細小的漏洞，讓我能釋出部分的靈魂現身於世。」

「哪有這麼剛好的！」太不可靠了吧！

「這不是巧合。我在被封印前使出最後的力量，背著那女人，施了個小小的咒語，只要是混生種，就會受到吸引，前往禁忌之塔後方的石陣裡，以各種方式，滴下自己的血。」這道咒語就像試紙，既薄且無任何實質功用，卻能檢驗出符合條件的命定者。

福星回想起在兩年多前，自己曾像著了魔一般，在禁忌之塔後的林子裡，摳掘著地面上的晶石，直到弄傷了手——然後悠猊就出現了。

那一日午後，也是他與悠猊初識的時刻。沒想到，那次看似偶遇的相識，竟然暗藏了這麼多目的。

「可是，斐德爾說，我不是陰……呃嗯，我不是特殊生命體。」福星怯怯地開口。

「你不是妖，但也不是人，你是全然否定的存在。」悠猊開心地看著福星，就像是看著最珍愛的收藏品，「你是千萬分之一的獨特變異體，純粹的混沌。讓所有既定理則偏移紊亂、讓正常變為異常的特殊存在。」

「這是稱讚嗎……」

「在你的周遭，總是發生出乎意料的事件，你總是給他人帶來各種奇怪的麻煩，這點你應該很清楚。你自小體弱多病，那也是因為混沌之力不穩定的原因，你的軀體和你所擁有的異能力相互矛盾，因此讓身體無法正常運行生理機能。」

「所以說，我會有這麼強大的能力、會這麼重要，都只是因為剛好生來就符合了這些條件？」

福星長嘆了一口氣。

原來他的地位這麼重要、擁有這麼大的力量，結果都不是自己真正的實力。他只是運氣好，恰巧中獎而已。這就像是玩《魔物獵人》開金手指秒殺崩龍一樣，看起來很威，卻不是真正的實力。

悠猊停頓了一下，「可以這麼解釋，但你自己也付出了不少努力。」

「什麼？」

「你和不同的族類成為朋友，朝夕相處，這讓你體內的混沌之力維持在一個持續活動成長的狀況。本來我還擔心，如果你和一般特殊生命體一樣，只和同種互動，混沌之力將會趨於平穩，最終定形，像是冷卻的熔岩，只是石頭，不再具有強大的毀滅性。」悠猊讚許地輕笑，「你做得很好，福星。」

「我不是為了利用朋友才和他們往來的！」福星忍不住大聲反駁，完全忘了眼前的人是擁有毀滅世界神力的遠古神獸。

「嗯哼。」悠猊不以為意地笑了笑，「無所謂，反正達到目的了。」

福星看著悠猊，又生氣，又覺得悲傷。

他咬了咬下唇，無奈地低語，「我是真心想和他們成為朋友，沒有任何目的。和他們在一起，我覺得很快樂，他們就像我的手足，像我的家人，我願意為他們付出一切，守護他們。」

「嗯哼，很好呀。」悠猊隨口回應，心底卻有種異常的煩躁感，像是有針在刺著他的心，讓他感到不滿，卻又讓他感到渴望。

他不知道，這是名為「嫉妒」的情緒。

「你也是。」福星由衷說著，「你也一樣。」

「什麼？」悠猊不解。

「你也是我的朋友。」福星起身，走向悠猊。「你和理昂他們一樣重要。」

悠猊皺起眉，心裡那股毫無肇端的異常情緒再次浮現。

「你只是我的棋子。」悠猊冷著聲開口，「既然想保護伙伴，那就協助我實踐我的理想。」

「你想做什麼？」

悠猊聳了聳肩，「這個世界在人類的統治下，變得太過扭曲，那些沒什麼本事的弱者，卻理所當然地恣意使用所有資源，恬不知恥地凌駕在萬物之上，你不覺得相當礙眼嗎？」

福星想起寒川之前說過的話，神獸站在特殊生命體這一方，為了特殊生命體，企圖毀滅人類。

「你想要創造屬於特殊生命體的世界？」

「是的。」悠猊笑咧了嘴，「該是把這世上的汙濁與黑暗掃清的時候了。」

「你這樣做，不就和白三角一樣了嗎？」

白三角稱特殊生命體為陰獸，視陰獸為世界的汙點。因此他們要除去所有非人的生物，「淨化」這個世界。

悠猊想做的，是一樣的事，只是立場不同而已。

「不一樣！」斯文的笑容瞬間僵硬，轉為怒火，「我是公理之獸！我代表正義與真理，只有我能施行審判！」

「淨世法庭的宗長伊利亞，不也是公理之獸……」福星小聲反駁。

悠猊惱怒，慍火明顯形於色，他的口氣不再溫和，臉上從容自滿的笑意也消匿。

「你沒有選擇的權力，你只是棋子。你只能協助我管轄匡正這個世界，這是你唯一的用處！」

「不要！不要！我不要！」福星憤然起身，大聲地回吼，「我自己什麼事都做不好了，匡正個屁！你才是最需要被少年隊帶回去矯正教育的人吧！什麼叫只有你能施行審判，你當我沒修過宗教史嗎！你以為你是神啊！」

「既然至上神已經放棄了這個世界，那麼就由我來接手當代理人！」

「你又不是神，你怎麼知道祂放棄這個世界?!」

「如果祂還在，還沒放棄這個世界的話——」悠猊露出苦笑，「為什麼不來阻止我呢？」

福星噤聲。並不是因為詞窮無法反駁，而是因為悠猊的神情。

生氣、失望以及深深的悲傷，就像發現自己被父親給拋棄的孩童一樣。

太古之時由至上神所創造、降生於世執行神意的聖獸，雖然擁有強大的力量，仍抵抗不了亙古的孤寂吧……

任何生命皆有軟弱之處，即使是神獸也是。

福星想說些什麼，卻又不知從何開口。他不理解悠猊的過去，不了解處在高位的神獸的想法。

悠猊立即回神。落寞自臉上一閃即逝，驕傲的冷笑取而代之。「所以你別想——唔！」自負的表情忽地扭曲，像是承受著極大的痛苦。他的手指蜷曲，緊抓著自己的頭，弓起了背，渾身隱隱地顫抖著。

「悠猊?!」福星錯愕。直覺地伸出手，搭上對方的肩，關切。「你還好嗎？」

悠猊的呼吸紊亂，喉間發出有如野獸一般的乾啞氣音，嘶嘶地低吟著。

該死，時間到了……靈體脫離的副作用已經開始發作，他必須立即找個宿主……

抬眼將目光射向身旁的福星，那擔憂的愁容，還有搭在肩上那溫暖的手，讓他的心神難以集中，痛苦彷彿更加劇烈。

悠猊昂首嘶吼了聲，一手抓住福星的手，向下拉摔。

「啊！」福星摔躺向地面，還來不及反應，雙手便被另一雙手箝制壓在地，悠猊的臉近在咫尺。「呃，那個……你……」

這姿勢很尷尬，如果可以，他比較希望是被可愛的女孩子撲倒。

悠猊發出沉重的呼吸聲，自上而下盯著福星，深邃的雙眸閃動著幽微的光，像深不見底的宇宙中，遙遠的星辰正爍動。

福星發現自己無法移開視線。看著那眼眸，他的意識、他的靈魂彷彿一點一滴地被攫入那無盡的黑暗當中，身體漸漸感覺不到東西，緩緩地放鬆著，意識和感官漸漸被抽離。

悠猊的身影隨之一點一滴地變淡，當福星閉上眼眸的那一刻，修長的身影轉為透明無形。最後，只剩下福星一人，像是睡著一般，躺在那兒。

片刻，閉著的雙眸倏然睜開，面容上總是單純憨厚的天真氣質已不復存，取而代之的是狡黠高傲的笑靨。

偌大的階梯式教室空蕩蕩，只有最前排坐了幾個人，黑板前掛著義大利地圖。

「逆向追蹤的咒語顯示，賀福星的所在位置在羅馬。」寒川的手在地圖上圈了圈，位置正與理昂推測的位置一樣。「梵蒂岡東南隅的小城市的……這裡。」指頭在畫面上用力地點了點，接著他拿起粉筆，在旁邊的黑板上標注出經緯度座標。

布拉德略微詫異，「看起來離這裡不會太遠。」原來白三角的老巢就在義大利，他還以為會設在更隱密偏遠的地方。

「在梵蒂岡附近，不意外。」翡翠冷笑，「對那些自以為是神之使徒的傢伙而言，寄生在梵蒂岡背後，會讓他們更有神聖感。」

「確定位置無誤？」丹絹審慎地提出質疑，「會不會是陷阱？」

「這是目前唯一與福星有關係的訊息。就算是陷阱，我們也必須跳進去。」理昂堅定地輕語著。

「說的也是。」

「還有什麼問題嗎？」寒川開口。

「有，」子夜舉手，「你什麼時候才能學會使用電腦和投影機？」

「少囉嗦！」

「這位置是兩小時前鎖定的座標，如果在這兩小時內福星有移動的話，那就要重新定位了。」

「另外，有件事說出來大家可能會不好受。」寒川嚴肅著臉，淡淡地提醒，「我們不知道白三角從賀福星那裡得知了多少有關夏洛姆的訊息……」

眾人的表情瞬間慘淡。

他們不敢想像福星會遭到什麼樣的拷問，就算福星堅持緘默，他們相信白三角仍然有辦法從福星的腦子裡挖出訊息……

「我們在計畫著對付敵人的時候，敵人可能也在盤算著如何對付我們。」

「所以我們現在到底該做什麼？」紅葉不耐煩地拍向桌面。「快點決定好嗎？既然地點都知道了，武器帶一帶直接殺去白三角的本部，向那鍋老鼠屎要人啊！」

「多考量一些，勝算就更高一些，貿然行動只會提升死亡率。」翡翠悠悠低語，「我想福星不會想看見我們任何一人傷亡。」

理昂沉默了片刻，決定。「全部的援軍都留在夏洛姆駐守。」

「什麼？」

「不管攻來的是白三角或是公理之獸，夏洛姆需要絕對嚴密的兵力對抗這兩個棘手的敵人。為了節省時間，空間傳送通道，最好全數讓給援軍使用。」理昂深吸了一口氣，「然後，我們自己去羅馬找福星。」

「只有我們？」丹絹有點不可置信。

「只要有我們就夠了。」布拉德對理昂的提議舉雙手贊同。

如果是要搶救人質的話，大隊人馬前往只會讓場面更加混亂，不如派出一小隊精要人馬，暗地突擊搜救。

「小蜘蛛如果會怕的話，可以留在夏洛姆幫忙折紙鶴祈禱。」

「或者折蓮花。」

紅葉瞪了子夜一眼，「那是燒給死人的。」

理昂沉聲道：「現在是十點，半小時之後在中庭集合。」

「你確定？」翡翠的目光在理昂和以薩身上打量，「現在是白天喔，出了學園之後可沒有遮陽屏障。」

「冬日太陽不烈，衣服穿厚一點，戴上面罩和墨鏡就可以了。」以薩解釋，一副萬無一失的樣子。

「做那種打扮的話，在到達白三角本部之前，你們會先被機場警察當成恐怖分子押送警局。」翡翠沒好氣地吐槽，接著伸手從背包裡掏出個塞著軟木塞的試管，扔向以薩。「你也有。」接著又丟了一支給理昂。

修長的玻璃試管裡，裝著閃著銀色珠光的乳白液體。

「這是避光凝膠，塗在身上可以反射日光，阻斷紫外線，並且有美白滋潤的效果……總之，就是最高級的防曬乳，精靈界貴族仕女們的頂級美妝保養品。」翡翠看著對方手中的試管，深吸一口氣，壯士斷腕般地開口，「拿去用吧。塗了之後，就算是闇血族也可以在白晝行動，但不建議直接在日光下曝曬太久。」

以薩盯著手中的試管，「這要多少——」

翡翠倒抽了一口氣，摀住耳朵，「拜託，現在不要和我提到錢。快點，趁我腦子還沒清醒、趁我還沒後悔之前把它用掉！」

以薩和理昂互看了一眼，收起試管。

「謝謝。」

理昂和以薩離開後，翡翠重重地吐了口氣，接著就像洩了氣的皮球，低著頭，一臉悵然若失，恍惚地盯著地面。

「一定非常貴……」紅葉小聲地在丹絹身旁低語。

丹絹用力點頭，露出既驚訝又欣慰的表情，彷彿透過超音波看著肚裡胎兒的新手媽媽一樣，只差沒有眼眶泛淚。

「那個摳門得要死、連道德感都可以賤賣的翡翠，竟然懂得奉獻了。這樣的震撼與感動，不亞於當年珍古德發現黑猩猩懂得使用工具、並和人類一樣擁有群體社會這個事實……」

翡翠揚起皮笑肉不笑的猙獰笑容，「這麼想要算清總帳的話可以！你們每個人都有欠於我！丹絹，不要以為我不知道，上個月十一號你偷用了我的沐浴乳！還有紅葉，上學期末的異能力作業，我交出去之後，妳跑去勾引助教借了我的來抄！」

「那次是剛好浴室裡的瓶子空了，我洗到一半沒辦法出去補充！」

「對嘛對嘛！而且小蜘蛛最擅長趁洗澡的時候偷偷自己製造沐浴乳，誰稀罕你的東西！這麼想要的話，他立刻就能榨出一整罐給你！」

「妳閉嘴！」這次丹絹和翡翠異口同聲。

一行人各自回房整裝收拾，在約定的時間一同現身在中庭，除了小花。

「小花呢？」

像是在回應珠月的問句，彩繪著ＰＯＰ字體、擁有黃色車身的遊覽車呼嘯而過，華麗地甩尾，在地面劃出道完美的弧線，停在眾人面前。

車門緩緩打開，駕駛座上坐著的正是小花。

「上車吧。」

「呃，怎麼會有車？」

「去申請啊，桑珌不是說校內的資源任我們使用？」小花挑眉，「難道你們打算步行去機場？」

「可是這車……」布拉德打量著那貼著有如幼兒頻道卡通圖案的車身，「好像有點花哨。」

「學校裡只有校車，而且這車上附有幻咒，更方便掩人耳目，將就點吧。」

「好像要去遠足似的。」紅葉輕笑。

「才不是遠足。」洛柯羅臭著臉，「我一包餅乾都沒帶。」

寒川看著紛紛上車的一行人，由衷地祈願。

「……一路保重。」

「既然要送行就更有誠意一點。」子夜走向寒川，拍了兩下他的肩。

「啵。」小小的破裂聲響起，附加在寒川外貌上的幻形咒語頓時變成泡影。

「你幹什麼！」男童模樣的寒川暴怒大吼。

「這樣比較可愛。」子夜滿意地打量自己的傑作，「我可不想被中年男子送行。」

最後一個人踏上車，車門關閉。

看著那漸行漸遠的校車，寒川的心糾結窒鬱。既不捨、不安，卻又有著無法名狀的驕傲。

這是他的學生。願意為了伙伴，而踏上布滿荊棘的道路……

羅馬，梵蒂岡外東南角。

伊利亞的聖殿裡，巨大的透明天球矗立中央。球體內部被乳白色的小圓珠填滿，水晶製的球面上經緯線縱橫，浮雕著地球表面上的所有陸塊、島嶼，所有的國家，所有的海域。

伊利亞靜跪在水晶地球前，閉目默禱，在心底複誦著古老的咒語。

填裝在水晶球裡的圓珠開始震動，發出齒輪轉動般的清脆聲響。乳白色的圓珠亮起微弱的光，珠子隨之融化在光中，輪廓漸漸混淆。最終，水晶內部被濃稠的乳白色填滿，看起來就像外殼嵌了層琉璃的巨大珍珠。

伊利亞睜開眼，起身走向法儀。他的手輕輕覆上球體，使力推了一下，讓懸在支架上的法儀開始旋轉。

隨著轉動，球面上紛紛亮起大大小小的藍色光點，有深有淺，遍布在整個地表面上。

「淨世法儀已完成。」伊利亞肅然低語，冷眼盯著法儀上的藍點。

全世界的陰獸一覽無遺，他們所要做的，就是逐一將這些汙點除去，讓世界還原成既有的雪白。

天球緩緩轉動，伊利亞的目光立即被歐洲大陸上的藍點吸引。瑞士領土內，阿爾卑斯山上，一大塊由眾多藍點聚集而成的斑痕，閃爍著燦爛的光彩。同時，上千個光點，來自世界各處，正往這塊區域聚集。

躲到這裡了嗎，北行者？

「斐德爾。」伊利亞朗聲呼喚。

「在。」靜候在聖堂角落的斐德爾，應聲聽令。

「備軍，將所有分部的軍隊調往瑞士待命，隨時支援前線。」伊利亞以憎惡的目光盯著阿爾卑斯山上的藍色光痕，「駐守西南歐的分隊全員整裝，準備出動。」

「是。」

「需要耗費多少時間？」

「本部內的軍隊兩小時內可以籌備完畢。」斐德爾恭敬地開口，「最快在正午時可以出發。」

伊利亞勾起嘴角，指尖輕觸著那塊藍斑。

這就是北行者的巢穴？或者，囚牢？不管是什麼，都將成為那悖逆之獸的終結處。

數千年來的帳，該有個了斷！

SHALOM ACADEMY

Chapter08

是怎樣，

大家說好了一起揪團來搗蛋？

SHALOM ACADEMY

「賀福星」在蒼空下旭日前飛躍著，背後張起了兩片黑色的蝠翼，駕馭著氣流、駕馭著風。而駕馭著這軀體的，則是悠猊，公理之獸，亙古之靈。是復仇者，是將以鮮血革新世界者。

再次擁有軀體，讓他非常懷念，各種官能帶來的感覺，讓他再次覺得自己是活著的。雖然這不是他的軀體，所有的感官都受到一定程度的限制，但已足以讓他嚮往沉醉。

悠猊閉上了眼，舒展著筋骨，在高空天際翱翔著。白雲如流，自身邊飄動而逝。再往上，往更高的天頂飛去，會不會看見至上神，看見那創造他的主呢？

他是否讓祂失望了？或者，他根本不曾被期望過？

悠猊睜開眼，振翅，加速朝目標前進。

當悠猊主導著賀福星的軀體時，在深層的意識底端，另一個靈魂，軀體原有的主人，正深深熟睡著，做著似夢非夢的夢，以過往的現實、既有的現實，還有虛幻構築成的夢中之夢——

「福星，賀福星！」

「呃！」

身後被重重地推了一下，福星回過神，有種如夢初醒的感覺。

什麼？

福星張望著四周，方形的水泥牆教室，排列整齊的木製課桌椅後，坐著年約十六、七歲的華人少年少女，他們一臉覺得好笑的神情，打量著自己。

他們穿著的是自家附近高中的白色制服。

「賀福星，睡夠了嗎？」不耐煩的質問聲從前方響起。

「啊？」福星抬眼望去，只見穿著淺藍色襯衫、衣襬整齊紮在卡其褲裡的中年男子，正臭著臉看著他。

「可以告訴我們答案了嗎？」

「什麼答案？」現在是什麼狀況？他腦子裡一片空白。

「第四十五頁，課後練習第五題啦！」身後一個壓低的細柔女音，小聲地對著他打暗號。「C。」

福星低下頭，看見桌上攤開一本書，是課本，上面印著密密麻麻的古文。

記憶和熟悉感漸漸浮現。

對喔，現在是在上國文課……看來他又睡著了。嘖，第幾次了啊。

「賀福星？」

「C，答案是C！」福星趕緊回答。

中年男子瞥了福星一眼，「下回站起來回答。」

「喔好，謝謝老師。」福星鬆了口氣，拿起筆，等著其他人宣布下一題的答案。

「喂，你搞什麼鬼啊，睡得太誇張了吧！」坐在身旁的男同學，笑著對他輕聲低語，「昨晚看片看太晚喔？」

「你在說你自己吧，西部尻槍俠！」福星不客氣地吐槽回去。

身旁的人是他的朋友兼鄰居，他們住在同一棟社區大樓裡，但是彼此不曾往來，直到進了同一所高中、同一個班級，才開始有所交集。

福星撐著頭，漫不經心地聽著課，握著筆的手無意識地在課本一角隨意地畫著圈圈。

這不是他第一次在課堂上打瞌睡，但這是他第一次在課堂上睡得這麼熟。

他好像做了一個夢。

夢的內容已經忘記了，但他仍能感覺到，那是個很歡樂的夢。雖然夢境被打斷時，有著無盡的悲傷。

感覺很現實，又很不真實。

他好像忘了什麼重要的東西……

不是家人，卻和家人一樣重要的一群人，一群不平凡的伙伴。

他隱約有印象，那是一段精彩的冒險，一段刻骨銘心的友誼。

只是……夢啊……

莫名地，他的心裡泛起了濃烈的惆悵及惋惜，難以言喻的空洞和失落感襲上了他的心。

福星自嘲地笑了笑。當然是夢，那些事怎麼可能發生在自己身上呢？

他身體不好休學一年、又重考一年，比班上同學大了兩歲。他沒有被排擠，並且能夠融入班級裡，就已經值得感恩了——雖然他在班上只是個存在感薄弱的人物。

平淡的校園生活、不上不下的學業表現、不冷不熱的同儕朋友，這就是他的高中生活，也是大部分高中生的縮影。

沒什麼好，也沒什麼不好，至少，平淡就是福。

今天是星期一，這個星期飲料店的特價商品是翡翠檸檬青，放學可以去買一杯，配上雞排，人間美味。還有還有，他要去漫畫店租些書來看，順便幫琳琳借些雜誌，幫老爸注意一下新出的奇幻輕小說是否有上出租排行榜——雖然他知道可能性很低。

福星撐著頭，心情再度好了起來，雖然心底仍徘徊著散之不去的空虛感。

「還真容易就振作了。」身旁的人輕笑。「你好像總是能用樂觀的角度來面對自己的生活。就算做個平凡人類，也會樂天地過一輩子。」

「什麼？」福星微愕，轉頭望向身旁的同學。「有什麼問題嗎？」

「有。」男同學將椅子轉向福星，「如果現在你可以實現一個願望，你會許什麼願？」

「喂，你太豪邁了吧！快坐回去，不然會害我們被條碼頭罵，你還是……」

福星的話語越說越小聲，因為，他發現，不知道何時，教室已變成一片深黑，什麼都沒有的黑。周遭的課桌椅、同學、牆壁、講桌、黑板全都消失，融化在黑暗之中，只剩下他和他身旁人所坐的位置，在黑暗中異常地清晰，像是浮貼在黑紙上的彩圖。

雖然周遭的情景變得如此詭異，福星卻一點也不驚訝，彷彿這是理所當然的事一般，忽略了所有的異常。

「那，你要許什麼願呢？」對方再次催促，「無盡的財富？壽命？或是擁有足以影響世界的強大力量？」

福星偏頭想了一下，「還好耶，沒有很大的興趣。錢很多是不錯，但我家也沒說窮到缺錢，現在的生活已經很足夠了。況且，如果只有我一個人長壽，那我不是必須看著家人和朋友一一離去，自己面對悲傷和孤獨？力量的話，好像也不是很必要，現在科技那麼發達，我覺得生活已經很方便了。」

「呵，這樣啊。」對方笑著點點頭，「如果對獨善其身沒興趣，有沒有考慮兼善天下？比方說，許個老套到有點矯情的『世界和平』？」

「聽起來好像不錯。」福星贊同，但是沒有決定。

他沉默了許久，靜靜地思考著。對方並沒有催促，靜靜地等著他給出屬於自己的答案。

「嗯，好。」福星抬頭。

「好了嗎？說吧。」

「我希望把這個願望讓給能夠許下對這個世界最有利的願望的人。」福星一口氣說完，然後露出大功告成的得意笑容。

「……什麼？」對方似乎有點錯愕。

「我如果說世界和平，我所認為的和平，說不定對某些人而言是災禍。如果每個人都可以一帆風順地生活，不用努力就能得到想要的東西，沒有悲歡離合，也沒有生老病死，這樣的話，世間的人似乎就失去了存在的意義，而且，這樣的世界感覺很無趣。我覺得，能讓每個人都得到屬於自己的幸福，也讓每個人經歷他們所必經的磨練而成長才好，但我不知道要怎麼做。」福星認真地說出自己最真誠的想法。

「你當然不知道。」對方滿意地笑了，「因為那是神的工作……」

同學的臉龐變得更加模糊，看不清楚輪廓。仔細一想，福星從剛才就一直沒看清楚對方的臉，甚至連同學的名字叫什麼都不知道。

一瞬間，他的腦子有了清醒的感覺，彷彿從夢中回到現實，抓住了自己的意識。

呃？這是哪裡？悠猊呢？

同學的身影融入黑暗之中，這個空間，只剩下福星一人。

為什麼會這樣回答呢？

他的心底有個聲音這樣問他，像是他在自問自答，又像是有個外在的意識存在於腦中。

福星想了想。

因為他曾經處於卑賤，才懂得如何處於尊貴。如果他是個一帆風順的高中生，當他知道自己有著超於常人的力量時，說不定就會得意忘形，做出許多自以為正義的事。

在人類社會生活的十八年，進入夏洛姆之後與伙伴的互動，加上與斐德爾的邂逅相識，他生命裡的種種經歷，讓他了解到，世界上的每個問題都是非常複雜的，無法以簡單的方式解決。

他的生命並非完美，並非順遂，但是如果少了這些不完美和波折，就不會有今日的賀福星。

他喜歡現在的自己。

這就是屬於他的道路，屬於他的磨練，屬於他的幸福……

腦海的聲音，再次自己為自己解答。

和他對話的是誰？是他自己的潛意識，還是悠猊潛意識裡殘存的單純與良善？他不知道，只覺得，這些回答讓他感到安定而篤實。

他現在該做什麼？是否有屬於他的任務呢？

有。

分不清上下左右的黑暗開始轉亮，眼前畫面朦朧，像被潑濕的玻璃窗，窗外的景色被胡亂地揉融成一片，然後開始逐漸清晰。

一片深色的靛藍天空，天際遠方隱隱透著一點光亮，讓人分不出此刻是迎向黎明前的黑暗，還是將要進入黑夜前的最後一點光明。

地面滿是瘡痍，布滿坑洞與焦土，還有血、死者、未死者的哀鳴。

天空上浮著一個人，手腳和全身被來自空中和地面所竄出的銀白色枷鎖給束縛著。

是悠猊。

穿著深藍色長袍的他，衣衫破爛，看起來經歷了一場激鬥，但縱使渾身狼狽，他的臉上仍掛著傲世的笑容。

「不錯嘛……」悠猊對著地面上的一角輕笑著說，「有這般能耐，為什麼選擇幫助桑琊完成他那沒出息的理念？」

福星順著悠猊的目光望去，只見荒蕪的焦土上有道銀色身影。

是個女人，很美麗的女人。清麗絕世的容顏上，掛著深深的憂愁，充滿惋惜和憐憫。

福星大驚。

他看過這個女人！那是洛柯羅的化身！在一年級的課堂上，還有寒川的浴室裡看到的那個女人！

她是洛柯羅嗎？

女子開口，拉回福星的注意，「你不該這樣的，千年前犄角被折斷的那一刻，你就該收手的……」

「折斷我的犄角的南行者，以生命作為代價離開世界。既然礙事者已經消失，不東山再起，未免太過懦弱。只是我沒想到會有其他礙事者出現。」

悠猊重咳了聲，銀色的血滴落地面。沾染上血液的地面，立即竄生起大片草木，開起豔麗的繁花。

悠猊冷眼瞥了地面一記，嘲諷挖苦，「偏偏還是有能耐的蠢貨，更令人討厭。下手一點也不留情，不愧是慈悲與憐憫的王女……」

女子長嘆了聲，不否認，只是以帶著無盡哀悽的目光看著悠猊。

這令悠猊十分惱火。「妳贏了！這下妳高興了吧！」

「我並不覺得高興。」女子悠悠輕語，「祂也是，非常地悲傷。」

「妳又知道了？我們的死活，如同草芥與螻蟻……」悠猊用力地扯動圈在手上的鎖鍊，但是徒勞無功。

女子搖了搖頭，沒有回應悠猊的怨言。她知道，此時說再多話語，都無法改變對方的心。

「這封印，人類或非人類都解不開。」女子輕聲開口，「這次，你無法靠自己的力量從裡頭掙脫。」

「這麼厲害？」悠猊咬牙切齒，「那為何不直接殺了我？是為了讓我面對永無止境的黑暗和絕望，讓我面對永無止境的折磨和痛苦嗎？」

「是為了讓你有獨處的空間和時間，好好地自我反省。」

「我是該反省，不該對凝事者心軟，即使是特殊生命體也一樣！」

他想守護的人們不懂他的用心，反而把他當成災禍，可悲。可悲的不是他的處境，而是即使遭受這樣的待遇和背叛，他仍對此無悔。如果有機會，他還是會再次做出同樣的選擇。

「況且，這並不是無盡的囚刑。」女子輕語，丟下了小小的希望。

悠猊皺眉，不解。

「即使你做了這些錯事，還是給了你轉圜的機會。」女子苦笑，朗聲宣告著，「千年後，會有轉機。一個七月十七日誕生的混生種少年會出現在你周遭。他是極端的變異體，沒有任何明確的特殊變異能力，而是擁有純粹的混沌。不是人類也不是妖怪、全然否定的存在，這將會是你的轉機，你的救贖。」

「七月十七日？」悠猊大笑。「這幽默感未免太過惡劣。」

七月十七，諾亞方舟停止漂流的著陸之日。這是暗示，他的暴雨與漂流之日會因這關鍵之人而終結嗎？是解放他、結束他漫長的刑役？還是帶給他最後的終結？

一道光線自天頂垂下，接著光線朝左右張開，展成一道光牆，四方的牆不斷向兩旁延伸，然後整個向前覆蓋而下。倒下的面體在空中劃出兩道軌跡，撐構起一個巨大的三角柱體。

數千道光絲從光面上射出，將悠猊捲入光面之中。

「我期待著。」

當悠猊全身沒入光中時，剎那間，光線劇烈一閃，消失，什麼也沒留下。

四周恢復黑暗，福星剛才坐過的課桌椅留在原地。

福星明白，剛才他所看見的，就是悠猊的過去，被封印在夏洛姆的那一日的情景。身體像是受到牽引一般，自動走向椅子坐下，同時，濃烈的睡意襲來。福星打了個呵欠，自動趴向桌面，在陷入熟睡時，腦海中還留著一個問題。

好，如果他就是預言中的那個人，那麼他接下來該怎麼做？

走一步，算一步囉。

義大利，羅馬。

出了校園，搭機直飛義大利。一路上，在幻術和催眠的協助下，背著重裝武器的理昂一行人，在最快的時間內抵達目的地。

午後兩點，天空飄著細雨，阻斷了大部分的日光，灰暗沉重的天候，讓人沉鬱的心情更加沉重了幾分。

一行人站在巷裡，看著對街的教堂。

「座標顯示的是這裡。」丹絹盯著眼前的素白色教堂，狐疑，「只有兩層樓，感覺有點小……」

「或許地面下另有玄機。」

「還有，」布拉德側耳聽著，「這裡，太安靜了……」

「所以真的是陷阱？」紅葉提問。

「不，感覺不像。」理昂看著站在門外打掃的男子。微胖的身材，肌肉並不發達，動作鬆散，渾身破綻，並非戰士。「總之，站在這裡得不到答案的，上吧。」

一行人快速越過街區，以迅雷不及掩耳的速度擊昏門外的掃地者，閃入建築內。

教堂一樓裡只有五、六個人，看起來也是毫無戰鬥力。當他們看見理昂等人時，先是困惑，幾秒後才意識到對方並不是人類，但還來不及發出叫聲，就被撂倒在地。站在大廳深處電梯旁的人，驚恐地按下警報，連忙進入電梯之中。

理昂等人立即跟上，打量了四周一會兒，找到樓梯，開始向敵人總部進攻。

「陰獸！陰獸來襲！」

呼喊聲隨入侵者的步伐而擴散，地底深處的堡壘被這群所向披靡的敵人掃蕩著。

「不太對勁。」翡翠隨手擋下朝他砸來的滅火器，同時一股強勁的風把攻擊者朝牆面推撞而去。

淨世法庭總部裡的人數雖然不少，一路上都有白三角的成員，但是面對入侵者，逃跑的比反擊的人多。即使有人動武，也都是些不成氣候的攻擊。

「這些人沒有戰鬥能力，和我老家的公務員沒兩樣，應該只是研究人員和行政人員。」小花一掌拍昏衝向她的攻擊者，「很詭異，但看起來不是陷阱。」

「抓一個人來問就知道了。」理昂躍起，閃過朝他射來的子彈，同時抽出腰上的小刀，射向對手。

「啊！」握著槍的手中刀，血流不止。持槍者咬牙拔下刀，正要蹲下撿槍，就被一個箭步衝上前去的布拉德制止。

布拉德揪住對方的衣領，將他摔向牆，大掌箝制在對方的咽喉上。

「該死的陰獸……」戴著眼鏡的中年男子憤恨地瞪著布拉德，「你們不該存在於世界上！邪惡的東西！」

布拉德賞他一個耳光，「這裡只剩你們這些人？」

男子啐去嘴裡的血，咬牙低咒，「這就是你們的調虎離山之計？你以為占領了聖庭就能夠殲滅我們？哼，太可笑了！」

「少給我扯東扯西！」布拉德皺眉，「回答我的問題可以少受點苦。被你們帶走的少年呢？賀福星在哪裡?!」

「特案十三號？」男子微愕。「你想對他做什麼，陰獸……」

「他媽的誰准你發問了！回答我的問題！」布拉德加重了手勁，「賀福星在哪裡？你們從斯圖嘉帶來的少年在哪裡？」

「他……他不在這……咳咳！」男子呼吸困難，難受地吐出字句。

「你們殺了他？」理昂以令人顫慄的嗓音，低聲質問。

男子露出受辱的表情，咬牙直起身子大吼，「才沒有——咳！斐德爾大人待他如貴賓……咳咳……」他露出厭惡的眼神，「是你們的人把他帶走了……」

「什麼？」眾人愣愣。

布拉德稍微鬆手，男子重重喘了口氣。「你們的人傷害了我們數十名弟兄，還差點傷了伊利亞大人，然後把賀福星帶走……」

「你說的那個人，是不是有著黑髮黑眼、講話自以為是、總是露出一臉欠揍機車樣的少年？」小花詢問。

「是的……」男子的目光浮現些許疑惑，對理昂一行人除了憎惡，又多了一些好奇。

眾人互看了一眼。

「是公理之獸，他帶走了福星。」

「混帳！」布拉德用力捶了牆面一記，接著將注意力轉回中年男子，「那你剛說調虎離山之計是什麼意思？」

男子挑眉，露出了莫名其妙的表情，「什麼？」

「為什麼這裡一個戰士也沒有？人呢？」

「他以為我們的目的是攻陷這裡。」丹絹冷靜推論，「他以為我們設計把他們的人手引開，然後占領本部。」

當他們匆匆趕到這裡時，白三角的人正好為了追捕公理之獸而離開總部。

這是什麼荒謬的巧合？

「如果白三角是衝著公理之獸而行動的話，他們會去的地方只有一個。」

公理之獸的封印之地——夏洛姆。

「早知道就待在學園裡！」布拉德臭著臉低咒了聲。「我有種被惡整的感覺。」

他鬆開手，中年男子跌坐地面，重重地喘氣。

「換個角度想，幸好所有的援軍都部署在學園。」珠月提醒。

要是他們將所有人馬都派來白三角總部，到時候只會發現自己勞師動眾圍攻了一座空城。然後，夏洛姆就必須面對公理之獸和白三角這雙重的敵人。

眾人在心裡暗暗鬆了口氣，接著立即轉身，準備重返學園，返回支援前線。

「你們不殺我？」中年男子顯得有點驚訝。

「這麼想要的話自己動手。」紅葉邊走邊吐槽，「就像你青少年時半夜常做的事一樣。」

「你們是陰獸！殺戮是你們的天性！」他不解，為什麼陰獸會放過他？這和他所認知的不一樣，這和聖庭教導他們的不一樣。

「陰你媽啦！」布拉德大吼，然後很沒水準地隨手撿起地面上的警棍朝對方丟去。

「啊噢！」男子肩部受擊，吃痛地發出一陣呻吟。

理昂看著對方，看著自己最憎恨的敵人。

若是以往的他，必定會毫不留情地斬斷白三角的生命。但是此時，他並不想這麼做，

原因是什麼他無法明確說出，他突然覺得，這樣殺害無知的弱者，很不好……

「這裡不是戰場。如果是在戰場上，我一定會殺了你。」

理昂留下這句沒有什麼威嚇力的恐嚇，接著跟上其他人的腳步，離開淨世法庭。

他變了。他想讓福星看見他的轉變。

福星、福星，等著，撐著。

拜託，努力撐著，撐著活下來，看看你為周遭帶來的轉變吧，福星……

瑞士。午後四點。

今日的茵特拉根鎮有不尋常的喧囂。

一輛輛雪白的改裝大型卡車，魚貫穿過小鎮，往山林深處駛去。車廂玻璃窗貼著深色隔熱紙，讓人看不穿裡頭坐的是什麼人物。

雖然來了許多人，四周卻比平常更加寧靜，有種莫名的肅殺之氣在空中瀰漫，擴散著山雨欲來之前的死寂。數臺直升機自空中呼嘯而過，往著同樣的山頭飛去。

「目標在北方二公里處，那裡地面看起來有點異常。」直升機上的偵查小組透過無線電回報著。

「應該是空間咒語，異術師先行前進，到達定點後解咒。」斐德爾下令。

夏洛姆所處的空間在悠猊離開後變得不穩定，隱匿的咒語破損，整個學園若隱若顯地在地表上閃動。

淨世法庭的異術師群一馬當先地來到了學園邊境，自空中與地面，同時施咒，從四個點，強制拉開一道四方形的光口，開啟一扇通往特殊生命體聚集之處的大門。

車輛、直升機一輛輛進入光口，映入眼中的是廣大的草坪，夏洛姆主堡北側的中庭。

午後三點一刻，正是午茶時間，悠閒懶散的日光灑滿地面，卻掩飾不了一觸即發的殺戮氣息。

「敵人來襲！」守在各大樓上的矮妖哨兵，在見到空間被撕扯開的那一刻，拉起警報。

矮妖拿著望遠鏡盯著來者。只見車輛停駐後，一個個身著雪白色軍服的士兵，有如雪片，飛舞散布到學園之中。

雪白的衣服容易髒，不管是行在荊棘之路上的汙泥或是血跡。黑與紅染髒了雪白，象徵著淨世法庭將世間的汙穢扛下，吞噬黑暗，犧牲於黑暗，淨化這世界。

「是白三角?!」矮妖驚叫，同時宣告著敵人的身分。

他們以為面對的會是上古神獸，沒想到出現的竟然是特殊生命體的死敵。

這讓大部分的人心裡暗暗地鬆了口氣，在特殊生命體的心中，神獸一直是個讓他們感到矛盾的存在，雖敬愛卻又疏離，雖崇拜卻又畏懼。

既然來者是白三角，他們可以毫無顧慮地滅敵！

武裝的獸族打頭陣，以絕對的破壞力攻擊敵人，與敵軍短兵相接，一搏生死。

精怪及妖精們，有的飛在空中，以異能力攔截著不斷射擊而來的砲彈、槍弩，有的則與操控咒令巫術的異術師死鬥交纏。水柱、火花、電光、迷霧，此起彼落。

「轟！」

「劈啪！」

砲火墜地，碎裂的金屬和著塵土迸射飛散。咒術與巫力相剋相抵，相滅相噬，不同的超凡之力衝撞出妖奇詭麗的亮彩，像是打翻的螢光顏料混在一起，自高彩度的豔色流光，轉為混濁的暗泥。

兩方的人賣力地奉獻自己的所有力量，只為了毀滅彼此。

前線的軍隊陷入膠著，先天能力本身就弱於特殊生命體的淨世法庭，顯然處於下風。

「出動死靈兵。」處於指揮中心的斐德爾下令。

伊利亞靜靜地盯著車內的螢幕，畫面上同步播放著戰場上的情況。

他搜尋著畫面中的每個角落，一面為亡者默哀，一面找尋著某個身影。

躲著不出來嗎，北行者？

搜尋的同時，心中也萌生一絲猶疑。

還是說，他根本不在這裡？

雪白大貨車的車門像鳥翅一樣自兩側升起高舉，穿著白袍的咒靈，以不符合人體工學的姿態紛紛躍出車廂，隨著咒靈使的引導衝往前線，穿梭在苦戰的人群之間。

咒靈的眼睛被上了封咒的白布條蒙住。雖然亦是一身雪白，卻散發著暗黑色的氣息。

來自幽冥，死亡的氣勢。

咒靈們以不亞於特殊生命體的速度，盤旋攻擊著敵手。咒靈沒帶任何武器，因為他們本身就是武器。帶著咒毒的身軀，觸碰到特殊生命體的那一瞬間，腐蝕生命的毒素立即沾染，侵略感染著本體。

哀鳴及慘叫從特殊生命體的隊伍中響起，進攻開始停滯，後退，轉為防禦。

夏洛姆西隅，陸行對外通道。

色彩豔麗花哨的校車在小花狂野而精準的駕馭下，像一道閃電倏然橫劈而入。一穿過學園結界，震耳欲聾的聲響隔著玻璃，陣陣傳來。

——戰爭已經開始了。

理昂等人迅速裝備武器，下車，關門。

「喂！我還沒下去！」洛柯羅不滿地拍著窗戶。

「你在這邊等著。」翡翠不容置喙地開口。「剛剛在白三角本部讓你下車，是因為情勢一開始看起來就不危急。現在白三角的人馬全都聚集在這裡，加上隨時會降臨的公理之獸，這個戰場，不是隨便就能應付的。」

「我也要去！」

「不行。」珠月柔聲勸告，「我們知道你擁有豐厚的異能力，但是你的實戰經驗不夠。」

「哪有這樣的……」洛柯羅不滿地皺眉。

「聽話。」翡翠從車窗縫扔了一包小圓奶油餅到洛柯羅腿上，「你待在這裡，我們才能安心戰鬥。」

洛柯羅看了翡翠一眼，悻悻然地嘟起嘴，不滿地念念有詞，拆開腿上的袋子，賭氣地一口接一口吃了起來。

「我先說清楚……」洛柯羅悶悶地咬著圓餅，「吃完了，我就會出去……」

「當然當然。」翡翠關上門，同時暗暗在上頭施了封咒及防禦咒。

眾人轉身，就戰鬥姿態，衝入戰場。

理昂揮舞著長刃，並抓準時機搭配暗器，行雲流水地展開一連串的攻擊。

翡翠的風和紅葉的火在場中捲起沖天狂燄，這是一年級時的新生測驗中臨時想出來的招式，意外地在此刻派上用場。

子夜召喚出異界妖獸，踏著青色的燄花，呼喊出雷電，殛向敵手。

丹絹如鋼鐵一般柔韌的細絲在空中拉出一張張銀色半透明的密網，保護著伙伴，擋去大半的致命攻擊。

小花、布拉德以先天過於常人的爆發力，高速奔躍，撂倒敵人。

珠月的水屏和水砲，則是完美地攔截了子彈，讓敵方的電子武器短路癱瘓。

特殊生命體盡了全力，展現無懈可擊的戰鬥力，但淨世法庭的兵力不斷地湧入，自世界各處聚集而來的援軍，不斷遞補，其中也不乏狠角色。

人類的召喚使和靈媒聯手，以卑躬屈膝的姿態，恭敬迎請異界的幻獸聖魔降臨，與子夜召喚出的開明獸不分軒輊，分庭抗衡。

更糟糕的是，特殊生命體的剋星——咒靈，正隨著援軍，一批接一批地抵達。載滿咒靈的貨車、直升機，陸續自陸面空中到來。此起彼落的悲鳴中，特殊生命體的聲音開始劇增。

理昂一行人的前進速度變慢，腳步開始停滯，甚至倒退。

咒靈在眾人周遭飛舞，有如禿鷹及豺狼盤繞環伺。除了應付白三角的攻擊，還必須閃躲隨時逼近的咒靈。

當丹絹正專注地織展著防護屏、為伙伴截下咒靈的觸碰時，一個慘白陰森的咒靈，無聲無息地悄悄從後方逼近。

「小心！」布拉德大吼，朝著丹絹的位置奔去，但是，距離太遠，他再怎麼快，也無法趕上。

幾乎是同一時間，強大的火燄將珠月的水屏瞬間蒸散。雖然勉強擋下那波衝擊，但強勁的後座力也讓珠月向後衝撞，跌倒在地。

另一名咒靈緩緩穿過蒸騰的水氣煙霧，走向珠月——

坐在車中的洛柯羅，把最後一塊小圓餅丟入嘴中，舔了舔指頭。

「時候到了。」

「喀嘰——」花哨的車體發出金屬扭曲撕裂的刺耳聲響，暫時吸引了場中人的注意力，包括咒靈。

下一刻，只見洛柯羅離開車廂，站在外頭。俊逸的容顏笑得非常燦爛，像是終於等到生日宴會開始的小孩。

「我來了！」

洛柯羅向前奔跑，奔向咒靈聚集之處，奔向被咒靈團團圍住、陷入苦戰的伙伴。

「洛柯羅！」翡翠震驚地想制止，但分身乏術。

然而接下來發生的事，讓眾人看傻了眼。

洛柯羅邊跑，身體開始出現變化。修長的身形變得巨大，白皙的肌膚變黯，出現黝黑而濃密的毛髮，俊帥的容顏扭曲分裂，嘴鼻突出化為獸喙，耳朵變成厚重的獸耳。

——黑色的三頭巨犬。三顆頭的其中之一，雙眸緊閉，彷彿處在深深的沉眠之中。

牠以狂野暴食之姿，將咒靈咀嚼吞噬。像在玩耍的大狗，跳躍旋轉奔跑，最後意猶未盡地停止，走向伙伴，邀功似地笑著。

「怎樣，厲害吧！」

珠月瞪大了眼，不可置信，「你是洛柯羅？」

「哈哈，是啊。」巨犬的喉嚨發出熟悉的語調，只是聲音比平日低沉了幾分，「好久沒變成這樣了。好看嗎？」

「毛皮看起來很亮麗柔軟。」珠月傻傻地認真回應。

「因為我每個星期都會潤絲。」

「你不是妖精嗎？」丹絹質疑。

「我哪時說過我是妖精了？」

「你到底是什麼？」翡翠好奇。

「我是洛柯羅呀。姐姐把我帶來上面，叫我等著，說總有一天我會幫得上忙。」巨犬嘿嘿笑了笑，抬頭，望向自遠處逼近的淨世法庭武裝軍。「噢，這邊交給你們，我不擅長對付活著的生物。」

說完，洛柯羅轉身，利用地勢奔跑跳躍，啃噬著場中的咒靈。

眾人立即回復戰鬥位置，擋下新一波的攻擊。

「精靈族的援軍到了！」遠處傳來振奮人心的歡呼。

回首，藍思里站在隊伍核心華麗的古式戰車上，由配著弓的半人馬拖曳著車體。身上穿著厚重披風與華美戰甲的藍思里，盛氣凌人地指使著部族。站在他身旁的是賀芙清，盛氣凌人、冷豔高傲地指使著藍思里。

「水精靈過去，阻斷咒靈的侵襲。」賀芙清開口，然後用手肘撞了藍思里的背一記。

「水精靈往西邊前進。」藍思里咬牙，朗聲下令。

「風精靈、火精靈、星辰精靈，到禁忌之塔，修補重組封印結界。」

「風精靈、火精靈——啊！混帳！既然都聽見了，就全照她的話做！」藍思里懶得複述，憤然咆哮。

新一波援軍抵達，重寫了戰況。勢力重新消長，讓情勢變得更加難分難解。雙方不斷往戰場中加入援手，彷彿往火燄中添薪送柴，火勢熤烈，離熄滅的時間越來越遠。

戰場的一隅，召出的式神一一被斬毀的寒川，放棄使用敏捷度和武力較為低落的式神，直接抽刀，與對手兵刃相接。

「明明是個人類卻頗厲害的嘛。」寒川俐落地揮刀，但被雙手持著軍用短刀的約爾一一擋開，刀劍撞擊出細小的花火。「軍人？」

「明明是個小孩卻很囂張。」約爾冷臉瞪著寒川，「裝可愛是你的興趣？」但他不會心軟。戰場上，就算是個孩子，敵人仍是敵人。

「去死啦！」

空氣中充滿各種味道，煙硝、血腥、還有咒術消磨後的異樣臭味。天地間充滿各種聲音，有嘶吼，有哀鳴，還有令人不安的沉默。

「這些傢伙沒完沒了。」布拉德一拳揍向敵人的臉，他的身上有多處掛彩，雖然都是輕傷，但是青紫殷紅、大大小小的傷口布滿可見的肌膚，「什麼時候才能停止？」

「你累了嗎，小狗狗？」紅葉媚笑著。她柔順的長髮變得凌亂，參差著焦痕。過度使用異能力，讓她的體力瀕臨透支。「看起來很猛，結果外強中乾呀……」

「公理之獸什麼時候出現？他真的會帶著福星回來？」丹絹喘著氣，努力地張起防禦網。「我們撐得到那個時候嗎……」

「撐到確定福星平安為止。」理昂冷著臉，機械般地繼續著攻擊的動作。他的感覺已經痲痺，腹側中了一劍，卻未影響他的動作，靠著意志力死撐。

操控引導著幻獸的子夜突然停頓，像是沒電的時鐘停止轉動。

「……來了。」他喃喃道。

眾人來不及追問，空氣中異變的氛圍和氣息，拉住他們的注意。

「嗡……嗡……」

細小的鳴聲在空中迴盪，地面陣陣地傳來震動，一股異樣的感覺像潮水一樣迅速擴散到整個地面，彷彿突然有人開了電視，看不見的電波暗暗流竄。

所有的人同時停止動作。人類、特殊生命體，全都靜止。

出於生物的本能，眾人感知到超越自己的強大存在即將現身。

「啪！滋——」

天空中出現一道裂痕。黑色的裂縫，剝落著光的碎片。夏洛姆滿目瘡痍的結界，再度受到侵襲，而且力道比淨世法庭所劃開的方門更加蠻橫、猛烈。

SHALOM ACADEMY

Chapter09

福星東來，福星歸西?!

SHALOM ACADEMY

一道人影緩緩地穿過裂痕，如舞臺上吊著鋼絲登場的主角一般。先是腳、腰、肩膀、巨大的黑翼，然後是臉。

看見來者的容顏，令許多人發出驚訝的呼聲。

「賀福星？」

夏洛姆的制服外套，略微雜亂的頭髮，還有老實單純的傻臉，怎麼看都是賀福星。他的背後多了兩道黑色蝠翼，臉上噙著陌生的高傲笑意。

看見掛念的人平安出現，理昂等人眼睛一亮。

「是福星！」

「他平安無事?!」

一行人直覺地要衝向前，和伙伴相聚。但是腳步尚未踏出，就被子夜一手擋下。

「慢著，有些不對勁。」

「什麼？」

子夜瞇起眼，盯著那只有他看得見、流轉在福星周圍的耀眼靈光，「那不是福星。公理之獸占據了他的身體。」

一句話，把眾人從滿心期望推入另一個憂慮的泥沼當中。

要如何趕出公理之獸，又不傷到福星？要怎麼樣才能讓福星回來？

他們沒太多時間思考，因為眼前敵人再度湧上，迫使他們再度咬牙戰鬥。

除了子夜，還有另外兩個人認出了控制住福星的本體。

「所有精靈，前去禁忌之塔加強封印！」桑珌朗聲下令，聲音隨著帶著咒語的風，吹拂到戰場上的各個角落。

所有精靈聞言，遲疑了不到千分之一秒的時間，硬生生地停下了手邊的動作，不管是戰鬥還是防禦，瞬間驟止。身上帶著微光的精靈，像陣疾風，往戰場的反方向飛行而去。

大群精靈飛越空中，桑珌的命令同時傳入寒川耳裡。寒川輕啐了聲，擋下約爾的攻擊，隨即形化出翅膀。

「想逃？」約爾將短刀朝寒川扔去。「為什麼撤離？」

「為了你們啊！白痴！」寒川以刀鞘彈開短刀，「公理之獸要是脫離封印，遭殃的可是人類！」

「這謊言未免太過拙劣。」約爾冷笑，「既然如此，為什麼要封印他？」

「雖然不想承認。」寒川苦笑，自嘲地哼了聲，「但是這世界需要人類。」語畢，加入精靈群，朝禁忌之塔飛去。

坐在作戰中心的斐德爾，看著福星出現，既是驚訝又是失落。

福星背上兩道黑色蝠翼，證實了非人類的身分，彷彿是在宣告他惡魔般的地位。

「終於來了嗎，北行者……」伊利亞冷笑著盯著天空上的黑色人影。他推開車門，逕自躍出，以不屬於人類該有的速度，朝著人影飛翔跳躍前進。

「伊利亞大人！」

悠猊雙手環胸，站在禁忌之塔旁的建築物頂端，輕蔑地望著地面上的一片混亂，以及那朝著自己飛來的大群精靈。

禁忌之塔周遭被精靈圍繞，地面上的舊封印泛起藍光，同時新增的金色封印也正層層地向上構築。

「啊啊，真是滑稽的鬧劇。」

悠猊伸手，五指弓起，一道光線從掌中迸射，衝撞向禁忌之塔。

驚呼及慘叫聲響起，磚石瓦片飛射，高塔傾倒。遍布在整個學園各個角落的封印之石碎裂，以封石相連構築成的網絡，瞬間消散。

悠猊緩緩降落在地面，降落在斷垣殘壁之中。

渾身散發出銀光的「福星」，優雅地走在石陣之中。所經之處，地面上的晶亮封石閃過不穩定的黑色濁光，接著暗沉無輝，下一刻化為塵土。肉眼所看不見的封印，因異於理則的存在而紊亂，失去穩定運作的能力，開始狂烈地扭曲拉扯。

悠猊勾起嘴角，漾著興奮的笑容。

這就是混沌之力，否定一切常態及理則的力量——

悠猊蹲下身，閉上眼。「賀福星」的身子散發出一圈淡淡的藍光，銀白色的人影從福星的背部浮透而出，悠猊像是蛻去蛹殼的蝶一般，脫離福星的身體，朝禁忌之塔飛去。

失去掌控的福星像斷線的人偶，趴跌在地，動也不動。

忽地，一聲刺耳的巨大嘶吼聲自斷裂的禁忌之塔傳出。

隨著聲響，一道銀白色的身影從天而降。雪白的獸，額上頂著半截斷裂的獸角，威儀凜凜，翩然降臨。身軀白淨如初雪，身旁卻流轉著闇紅色的火燄。

這就是公理之獸的實體，悠猊的原貌。

斷了獸角的聖獸睥睨傲視著眾生，地面上一個朝他奔近的人影抓住了他的注意。

是伊利亞。

悠猊冷笑，前蹄對空一踏，召出天火，在伊利亞身旁的地面燒灼出一個大洞。

「南行者，這是失去肉體的你做不到的。」悠猊傲視著伊利亞。

「至少我的靈魂是完整的。」

伊利亞仰首長嘯，頭首四肢延展出一圈巨大的金色靈光，靈光漸漸化成獸的形狀，和悠猊一樣的獨角獸。

金色的聖獸衝上天，犄角毫不留情地朝著自己唯一的同伴刺去。悠猊閃躲，同時惱怒地甩踏出更多的電光燄球。

兩頭巨獸在天空中廝殺、死鬥，地上的人一時間全停下手邊的動作，愣愣又敬畏地看著天上的獸鬥。

這就是守護他們的東西，他們守護的東西……

理昂一行人追在「福星」的後頭，趕往禁忌之塔。搜尋了片刻，在塔後的林子裡，石陣周圍的地面上，發現倒地不起的福星。

布拉德以獸族的跳躍力，一個箭步躍至福星身旁，將他扶起。

「福星？賀福星?!」

布拉德搖著懷中的人，他的心跳因不安而狂烈悸動，肌膚因布滿傷口而感知力降低，他無法判斷眼前的人是否還活著。

其餘的人立即趕上，蹲跪在旁，緊張地看著福星。

理昂站在外圍，不敢靠近。不敢面對殘酷的現實。

就像得知莉雅死亡的那一日。

夏格維斯家的人，帶回了染血的罩衫。絲質的薄衫放在精緻的木盒裡，那是莉雅的遺物。他連接下盒子的勇氣都沒有，只能任由羅倫佐將木盒收藏起，二十年來，他始終不曾拿出木盒，更不曾將它開啟。

他是如此懦弱，只能讓仇恨填滿內心，透過不斷的復仇，消解內心的空虛與苦痛。

珠月的手搭在福星臉上，冰冷的手不斷地輕撫著，她非常害怕，因為那臉頰和她的手一樣冰冷。

其餘的人沉默地看著福星，腦中一片空白。不是無感，而是這痛來得太突然，劇烈的痛，讓人一時間痛到沒了感覺。

「醒來啊！混帳！」布拉德用力地搖了搖福星，咬牙切齒地怒吼，「惹出這麼多麻煩，雖然我們犯賤，心甘情願幫你善後，但是……」他低下頭，聲調中帶著哽咽，「但是你好歹也醒來說聲謝謝吧……」

眾人依舊不語，低頭盯著地面，擴散著無聲的哀悽。

「噢……布拉德……」懶洋洋的聲音忽地響起，「你在哭嗎？」

這弱小的聲音像是暗夜中的燭光，忽地點亮了所有人的希望。

「福星！」眾人驚喜。

「你沒死！」丹絹幾乎要喜極而泣，「太好了！我還以為你掛了！要是你死了，我一定會幫你寫訃文和輓聯！太好了！賀福星！幹得好！」

紅葉瞪了丹絹一眼。但這時候，誰也不想責備誰。

「幸好你沒事！」珠月關切。「有哪裡不舒服？哪裡受傷？」

「嗯，應該沒有……」福星迷迷糊糊地開口，一臉剛睡醒的樣子，「嗯，所以現在幾點？」

「臭小子！」布拉德欣喜地用力拍了拍福星的肩，「令人費心的混帳！」

「布拉德，你哭了喔？」福星傻愣愣地盯著布拉德，「為什麼抱著我？你真的飢不擇食到這種地步了嗎？」

「少胡說八道了！我只是兩天沒睡，導致眼睛乾澀！」布拉德立即鬆手，惱羞地用手背粗魯地抹了抹臉，「你才是！他媽的又沒遇見熊，幹嘛裝死！」

「我哪有！只是剛好現在才醒來而已！」真是的，一點都不坦率……「理昂呢？」

「我在這。」理昂走近，蹲下，與福星平視，堅定地開口，「我在這裡。」

福星鬆了口氣，開心地笑了，「你回來了。」

理昂看著福星，不自覺地揚起嘴角，露出了安心而放鬆的笑容。

雷鳴及爆裂聲拉開福星的注意力。朝著聲源望去，他錯愕地看著天空中互相爭鬥角力的獨角獸。

「那兩隻東西是什麼！我還在做夢嗎？」福星恍惚呆滯地喃喃自語，「打麒麟要用火屬性的大錘……」

「你又在胡說什麼鬼！」布拉德用力地拍了拍福星的臉，「醒了嗎?!徹底醒了嗎?!」

「斷角的那隻是公理之獸，封印在學園裡的聖獸。」理昂解釋，「至於另一隻，似乎是白三角帶來的。」

公理之獸？福星瞬間理解。「是悠猊和伊利亞……」

「什麼？」布拉德好奇，「你認識他們？」

「我認識斷角的那一個。」福星坦承。「他也算是我的……朋友。」

「你母親沒告訴你要慎選朋友嗎？」丹絹皺眉說教，「不要和來路不明的人、還有個性怪異的人交朋友，你不知道嗎？」

「這話從你嘴裡吐出來，還真是諷刺到極點。」翡翠拍了拍丹絹的肩。

「福星福星！你還好嗎！」擁有洛柯羅嗓音的黑色巨犬，興沖沖地奔跑而來。

「那是啥？」福星瞪大了眼。

「那是洛柯羅。」

「洛柯羅怎麼變成這樣?!」

「不知道，可能亂撿了什麼東西來吃吧。」小花漫不經心地說著。

所有的人都到齊了。

福星看著伙伴們，心裡一陣溫暖。

擁有這群伙伴，他覺得非常地滿足，非常地幸福。

「既然福星沒事，」紅葉打量著遠處的戰場，「那麼該撤離了。」

「什麼?!」

「我們回來的目的就是救你。」翡翠務實地開口，「現在目的達成，該走了。」

「況且，剛剛在戰場上已經耗費太多的體力。」小花冷靜地分析，「要是留下來再戰，可能無法全身而退。」

福星看著伙伴。每個人身上都掛了彩，傷痕累累，狼狽至極。他既不捨又不忍，但是他不能走，他還有任務要完成。

「我不能走……」

「你還沒醒嗎？又在胡說什麼?!」布拉德有點不耐煩，伸手要再往福星的臉上拍兩下。

「這是我的任務。」福星起身，向後退了一步，「我要阻止戰爭……」

眾人互看一眼，察覺到福星的異樣。

「你還好嗎，福星？」

「我很好。」他原地跳了兩下，像是要證明自己一切安好。

他知道伙伴在擔心他，他知道伙伴怕他不自量力，跑去送死。但他的伙伴不知道，這是屬於他的任務，屬於他的必經之路。

「不用擔心我。」福星乾笑，笑得有點靦腆，「噢，對了，看到我的翅膀了嗎？帥吧？」他動了動背後的蝠翼。

「嗯，所以呢？」

「我同時擁有翅膀和雙手，這不合常理吧？按照形化的演進和理則，『有翼之族，化成人後，雙翼變為手，變回獸時，雙手變回翼。』沒有我這種兩者共有的狀況。」福星苦笑，「我既是變異之子，又不正常，做人失敗，連做妖怪都不三不四。」

眾人停頓了片刻。

「那又怎樣？」小花沒好氣地嗤了聲，用手指了指洛柯羅，「這傢伙都變成這副德性了，你才多兩片翅膀，就自以為威到爆？」

「誰管你有沒有翅膀，管你正不正常，你就是我們的伙伴。」

「不要再胡說八道犯中二病了，這裡很危險的，還是趕緊回家吧。」

福星看著伙伴，眼眶一陣溫熱。

雖然早就預料伙伴們會說出這樣的話，但他的內心仍舊激動不已。

「我真的非常非常慶幸自己是特殊生命體，非常非常慶幸自己能進入夏洛姆，認識你們。」

「福星？」

「之前都是你們幫我善後、保護我，」福星漾起燦爛而堅定的笑容，「這次，換我保護你們了。」

語畢，轉身，黑翼用力一振，向天際翱翔而去。

「福星！」

金色的獸和銀色的獸在天空交戰。

伊利亞燃燒釋放出靈魂裡所有的聖獸之力，恢復亙古以前的初始之態，召喚著金色的雷電及風雨，攻擊悠猊。他的身軀源源不斷地流轉著金光，光芒一邊轉成光殛之箭，一邊修護著悠猊所造成的傷口。

悠猊雖重新奪回軀體，但是剛與肉身結合，加上犄角斷裂尚未再生，實力無法完全發揮，至多只能與伊利亞勢均力敵、維持平手。況且，子時未到，他仍被束縛在這個空間夾縫之中。

悠猊用力揮蹄，黑紅交錯的火燄襲向伊利亞。伊利亞迅速迴避，但仍慢了一步，右肩中了攻擊。鮮紅的血汩汩流下。

「不行了？人類的身體有限，你的生命力應該快到盡頭了吧……」悠猊得意地輕笑，「這次，你還有辦法保留力量轉生，東山再起嗎？」

「早得很。」伊利亞回以冷笑，「即使走向滅盡，我也會先看見你的終結！」語畢，昂首，雷光如密雨般驟降，匯集到他額前的獸角上。

突出的犄角閃爍著刺眼如晝的金光，讓在場所有人睜不開眼。

「等一下！」一道黑色的人影貿然闖入，飛向悠猊前方。

「福星?!」悠猊瞪大雙眼。

他來這裡做什麼？軀體被占據所造成的損害，竟然這麼快就回復？

「嘿嘿，是我。」福星抓了抓頭，傻傻地看著對方，「你好漂亮喔，悠猊……」

「說什麼蠢話……」悠猊冷哼，他知道此刻的自己，狼狽不已。

雖然已經奪回軀體，但是因為時辰未到，所以靈與肉的結合並不完全，仍處於不穩定的狀態，加上一連串的攻擊及防守，他的力量正一點一點地耗損。

「收手吧，悠猊，我們回去好嗎？」福星諄諄婉勸，「停止戰爭吧……」

「你只是用完的棋子，沒資格命令我。」

「這不是命令。我不想看你們任何一方消失……」福星輕嘆了聲，「你們都是為了這個世界而奉獻自己，都是一樣的，所以，不要互相殘殺……」

「不可能！」悠猊冷冷否絕，「不要妨礙我，這次我會毫不留情地踩碎所有的絆腳石。」

當福星正苦口勸說著悠猊時，在遠處匯集體內所有力量的伊利亞，額上的角尖，浮著飽滿的光線。

成了。

伊利亞猛力甩頭，角上的光像是長鞭一般，筆直地朝悠猊甩射而去。悠猊錯愕，趕緊調頭，準備躲避，但光線的速度太快，帶傷的軀體反應不及，無法如願而行。

糟了──

「小心！」

一股力量猛然將他推撞開來。下一秒，激烈的光流射向那黑色人影，射中對方胸口。

將目標硬生生地擊落之後，光線緩緩轉為暗淡。

賀福星像是失速的流星，朝著地面墜落。

伊利亞和悠猊錯愕，時間彷彿在那一瞬間靜止。

空中的兩隻鬥獸，陷入巨大的困惑之中，彷彿與四周隔絕，聽不見任何聲音，只看得見那道黑色的身影，以影片定格般的慢動作，一點一點、一吋一吋地朝地面落下。

伊利亞不懂。特案十三號只是北行者利用的棋子，為什麼要為了對方做出這樣的犧牲？

悠猊不懂。賀福星知道了他的身分，知道自己只是被利用的棋子，為什麼還要來幫他？他更不懂的是，自己心中那股劇烈的絞痛是從何而來？是為了什麼？該如何停止？

福星。

賀福星。

你做了什麼？

福星。

賀福星。

有人在叫喚，像是山谷間回音的聲響，從四面八方無定處響起。

他死了嗎？

沒有知覺，感官似乎也失去功用，只剩下意識浮浮沉沉。

他還沒死嗎？

迷濛間，視力逐漸回復，他看到了光。

光的周遭有許多人影站立，看不清細節，只能看見隱約的輪廓。

這是哪裡啊……福星在心中暗忖。

如果他死了，那這裡是天國嗎？

一陣細碎的低語聲，彷彿從他的腦中直接響起。

這裡是逝者的安息處。但你是終戰者，公理之獸的咒語無法將你致死，你將再次回返，完成未竟的使命……

福星嚇了一跳，他打量著四周，看著那些模糊的人影。朦朧間，他似乎看見人群中站著麗夫人和她的侍女們。

他狐疑地走向那似曾相識的身影，想看個清楚，但是無論怎麼走，都無法接近對方，那些模糊的身影始終和他維持著一定的距離。

終戰者……他討厭這個詞。他不想、也不配背負這麼重大的使命。

他根本不知道該怎麼做。

「既然我這麼重要，為什麼不讓我能力更強大、地位更重要？」他對著人影大喊，像是發洩怒氣一般地質問。

沒有人回答他。

他討厭自己的無能，更討厭自己明明這麼無能，卻又總是想要插手那些他無能為力的事情。

如果他的能力夠強大，他就能直接出手，排除一切攔阻自己的人了——

但是，這不就和悠猊一樣了？

細小的聲音從心底響起，自我否決了這個念頭。

那，如果他的地位夠高，就會擁有一群忠心的追隨者，他能策動群眾的力量解決擋在面前的所有問題——

這樣，不就和伊利亞一樣了？

福星皺眉，無奈地低嘆了一聲。

他突然有點理解，為什麼他這麼平凡的角色必須背負這麼重要的使命。

因為他不夠強、不夠偉大，所以，他所在意的事、所關心的事，和那些強者不一樣。

他是這麼地軟弱，跨足在人類與非人兩個物種之間。他喜歡兩邊的人，他捨不得任何一方受苦。

並不是出於深博的慈悲大愛，只是因為，兩邊都有他的朋友。

任何一方敗北，都會有人難過，他不想要看見他的朋友難過。

福星看向身旁的模糊身影。除了麗夫人以外，他隱約認出，有幾個人穿著白三角的制服。

人類及非人類的亡魂並肩而立，分不出生前的樣貌與族類。

但他可以感覺得到，逝者們有著相同的渴望，渴望著真正的和平。

福星有點擔憂地開口，「呃，難道說，終戰的意思是兩方的人全都死光光？」

並不是。

沉默的聲音再次響起，果斷而直截地否定了他的揣測。同時，模糊的人影間響起了一陣小小騷動。

福星對這樣的騷動非常熟悉，每次他幹了蠢事或說了蠢話時，就會聽見這樣的反應。

「不是就好，我只是問問而已啦……」

福星不好意思地抓了抓頭。他看著逝者們的身影。

千百年後，他和理昂、珠月，還有斐德爾，都會變得和這些人一樣吧……

若是沒有這場戰爭，到了那時，他們應該也會像這些逝者一樣，平靜地相處著。

當肉體不再存在時，生命與生命之間才會停止爭鬥。當生命消逝後，靈魂與靈魂之間才能毫無阻隔地真誠面對、彼此諒解。

——當肉體不存在？

福星忽地靈光一閃。

一段回憶浮掠過腦海，帶著混亂、不安卻又歡樂的回憶。

他好像……知道該怎麼做了……

同時，他發現，自己的身軀開始緩緩下墜，彷彿沉在水中，被一股看不見的力道脫引而去。

福星轉向那模糊的人影們，提出最後的問題，「我辦得到嗎？」

沒有人回應他。

福星撇了撇嘴，「真是的……變成亡靈後一定要這麼高深莫測嗎？如果我死了的話，我絕對要當一個聒噪的鬼魂。你們這些傢伙小心了！說不定我等一下就回來了！」

還早呢……

帶著笑意的聲音隱隱傳來。

福星閉上眼，任由意識被一點一點地剝落飄散。

他知道自己該做什麼。

他是終戰者。他要消滅的不是人類，也不是特殊生命體，他要銷毀的是偏見與爭戰。只有站在他人的立足點，站在對方的處境，才能真正理解對方的心。

至於方法，他早就知道要怎麼做。甚至，他已經做過、練習過了，就在學園祭的時候。

他只要將那因意外而創造出來的咒語加強、擴充、揮發——

然後等著見證奇蹟。

黑色的人影自高空墜地。理昂、布拉德等人衝上前，打算在福星落地的前一刻攔截。

但是那下墜的身軀，在離地約三公尺處驟然停頓，然後有如羽毛一般，緩緩飄落，輕輕降下，優雅落地。

「福星?」眾人愕愕。

同時，像是受到一股莫名的力量吸引，戰場上的所有人不自覺回首，目光集中在這平凡無奇的黑髮少年身上。

福星站在中央，環視著周遭，環視著因不理解而造成的對立與殺戮。

他閉眼，回想著學園祭前在體育館內創造出來的咒語。他啟齒輕吟著眾人所未聞未知的語言，體內醞釀流轉迴盪著那與生俱來的力量。

混沌濁亂的力量繚繞，散發出暗灰的珍珠光澤，以福星為中心，有如一圈圈的漣漪，向外輻射。

「唰——」

天空中降下透明色的物體，大大小小，緩緩飄落，無所不在。

「這是什麼?」

「是……泡泡?」

幾乎使盡全力射出那一擊的伊利亞，體力不支，降回地面，化回人形，雙膝無力地跪下，吃力地呼吸喘氣，惶惑而不安地看著自天而降的泡泡。

斐德爾趕緊衝向伊利亞身邊，攙扶著他，著急地觀察著他的身體，觀察著傷勢。

隨著泡泡愈加靠近地面，困惑與驚奇聲此起彼落。折射著夢幻虹光的泡泡，翩然降下，在觸碰到人的瞬間，炸起小小的彩光，消失。泡泡破滅的那一刻，空間中傳遞轉換著無聲無形的騷動與力量。每一個泡球破裂時，靈魂的力量一波一波地傳動，此起彼落。

場中陷入一片死寂，不可置信的死寂，眾人震驚地看著周遭，感覺到情況不對勁。

看著瞪大眼、一臉惶恐的伊利亞，斐德爾出聲關心，「伊、伊利亞大人？您沒事嗎？」

伊利亞甩開了斐德爾的手，以驚惶的眼神瞪著斐德爾。

「我不是伊利亞！」伊利亞歇斯底里地大吼，「這不是我的身體！這是南行者的身體！」

這是……賀福星的咒語！在學園祭前夕，讓北校選手們互換靈魂的混亂之咒！

「啊？」斐德爾錯愕。下一秒，一個棒球大的氣泡掉落在斐德爾頭上，幻滅。

氣泡繼續如雪花飛落，無所不在，場中的人無一避開。驚訝及錯愕隨之蔓延，所有的人盯著自己的身體，不可置信地摸著自己的臉。

斐德爾的意識短暫恍惚，但立即回神。腳邊傳來劇痛，讓他低下頭。

穿著黑褲的長腿，流著血，小腿上嵌了一顆銀子彈，讓傷口持續傳來撕裂的疼痛，彷彿肌肉被一絲一絲地撕扯下。

然後這身體的主人依舊昂然站立，雙手上拿著長刃，似乎還在戰鬥。

這令斐德爾不由自主地，萌生了一分敬意。

他繼續低下頭，看著自己的手，這是一雙雪白細瘦的手臂，修得漂亮的指甲上塗著珊瑚色的指甲油，手中卻握著沾滿鮮血的利刃。目光向上移，他看見自己的胸前隆起，有著飽滿而圓潤的胸部。

這是女人的身體?!

但更令他震驚的不是身體的變換，而是他發現這個軀體的頸子上，掛了一個古銅色的十字架。

他認得這個十字架，這是十多年前，當他還是個學生、還是個志願兵時，在斯圖嘉的古董市集裡買下的飾品。是個仿冒品，但是，收到這個禮物的人不以為意，開心地收下了。

古銅十字架的主人，是個美麗的女人，那個他曾經愛慕過的女人，那個背叛他的女人，陰獸派遣來的美麗間諜。

她接近他，只是為了挖掘淨世法庭的訊息，然後，在一次聚會中，她與她的伙伴殺了所有即將升為正式成員的志願軍。

但是，她卻獨留他活著。

她發現了躲在櫥櫃裡的他，看見他驚恐地縮瑟顫抖。她只露出了歉疚的苦笑，然後靜靜地關上門，沒有通知伙伴，一行人就此離去。

他恨她。恨她的背叛。

但是，他不懂，為什麼……她還留著這個十字架……

「芮秋……」這個身體，是芮秋．沃爾特的，那個美麗的惡夢。

腳步聲靠近，斐德爾抬頭，看見「自己」正走過來。

他第一次這樣完整地看見自己，和照鏡子的感覺不太一樣，感覺更加真實，彷彿連肉體以外的東西都看見了。

他的身上沾滿了血和汙痕，身上布滿了傷，這是歷經「聖戰」的他，但為什麼……看起來，不像淨化世界的聖戰天使，而像自殺戮與血腥之宴裡走出的惡魔。

「是你嗎，斐德爾？」「他」開口詢問。

斐德爾狐疑盯著對方，不曉得占據自己身體的靈魂是什麼身分。

「好久不見。」「斐德爾」的身體繼續開口，「你變強壯了，成長了許多吶……」

「芮秋？」

驚呼聲接連地響起，不可置信的尖叫聲，不願意面對現實的怒吼，還有困惑的呼喊，遍布整個戰場。

「這不是我！」

「這是陰獸！」

「是人類！我變成人類了！」

特殊生命體和人類，同時震愕於眼前這離譜又荒誕的奇蹟。

理昂一行人同樣也錯愕，但是反應不像其他人一樣激烈。他們知道發生了什麼事，在學園祭前，他們也因為這個咒語而互換了身體，交錯了靈魂。

但是，這一次的變化並不止於此。

混沌的力量並未隨著身軀的互換而停止，仍在每個人的體內運作，將靜止的水攪和，將既定的現實紊亂。

除了靈魂，寄存在軀體上的記憶和情感，同時在每個互換的個體間流轉、發酵。

不同的個體，不同的種族，彼此交換著雙方的痛苦和悲傷，傳遞著喜悅和期望。

不同的過往，但是同樣有著喜怒哀樂，雖然擁有著不同的力量和年歲，但是同樣必須面對生命中的悲歡離合。

理昂盯著自己的手，那是一個斷了小指的手，手掌上長滿了繭。

他看見了這個軀體的主人，他曾是一個樸實的工人，父母早逝，只留年幼的妹妹與他相依為命。他放棄學業努力工作，養活自己和妹妹，日子雖然苦，卻有著平淡的幸福。

直到某夜，外出的妹妹未歸。

數日後，警察通知他，在工廠後的排水溝裡，找到了他全身血液被抽乾的妹妹。

那一夜，男子走上了復仇之路。在百般探聽之後，他加入了淨世法庭，這個可以幫助他找到殺死妹妹凶手的組織。

理昂的心口陣陣絞痛，他分不出心中的這股怨，是來自軀體的主人，還是他自己。

這人，和他一樣……

這根本，就是另一個他……

一種恍然大悟的體諒、同情、悲傷，以及無地自容的羞愧感，包裹住了他的心。

同樣的情感，在其他個體上蔓延。

淨世法庭的成員們，看見了自己過去以來行使的「正義」，讓許多無辜的生命面對生離死別的痛苦。他們曾經認為是邪惡之源的陰獸，一樣經歷著生老病死，一樣感觸著悲歡離合。一樣，都一樣，他們是相等的生命，同樣的存在。

真正的理解，在靈魂與記憶交換的那一刻綻現。所有的偏見和對立，如同方才的泡泡一樣，一點一點地消失。

悠猊站在伊利亞對面，兩人互相對峙，看著彼此的軀體，不發一語。

伊利亞看見悠猊的記憶。

悠猊走遍世界，看盡人類引起的戰亂及毀滅。他散布的善意種子，在有機會萌芽之前就枯萎。苦毒和怨惡，私欲及貪婪，竟是引導歷史演進的主要動力。對這樣的世界感到失望，他要讓另一批人，另一批隱匿寄生在人類文明之下的物種，來主導世界。

他要直接出手干涉歷史，將人間再造為樂園。

北行者……這就是你所看見的，是你「叛亂」的原因？

悠猊看見伊利亞的過去。伊利亞在南行於世時，也是和他一樣，看盡了世間的醜惡與苦難。

只是，伊利亞更能忍耐。他咬著牙，一肩承擔起眾人的悲傷，更加辛勤地奔走於世界，執行他的使命，不著痕跡地散布著良善與溫柔的種子。他跑到至深的黑暗處，點起一點微弱的希望之光。在苦難的深淵裡，他悄悄地召喚來一陣春風，讓人們在夜裡能做著幸福的美夢。

他的使命是引導，引導人們發揮心中的本然善性，引導人們自己去改變悲慘的宿命，改善這個世界。他知道這個任務就像是要他拿著杯子舀光海水一樣，但他仍舊篤實而憨厚地，一杯一杯義無反顧地舀下去。

直到北行者出手干涉歷史的那一刻，他才決定跳出來制衡勢力，站在人類的那一方。

您猊慨然長嘆。他以為，伊利亞是為了和他作對而反對他……

這傢伙，背負著不亞於他的苦痛與悲哀。

南行者……你真是個蠢得要死的笨蛋……

蠢斃了。蠢到他沒興致繼續下去了……

深深的沉默遍及整個中庭。

很長的一段時間內，沒有人開口說半句話。然後，細細的嗚咽與哽咽聲從某個角落偷偷響起，像是綿密的春雨一樣擴散開來。

淚水自每一雙眼眸裡落下，晶瑩的淚洗練出內心的怨，獻出最深的懺悔。

靈魂的波動再次在軀體之間擺盪共鳴。

在眾人沒有意識到的時候，不知不覺間，他們返回了自己的軀體。

被淚水模糊了的雙眼打量著自己的身體，發現靈魂已經歸回原位。

造成這變動的關鍵，賀福星，身上的光輝逐漸暗滅，接著，像是渾身的力量被瞬間抽乾似地，頹然跪下。

理昂衝上前，在福星倒地之前，抓住了他的手臂。

「福星！」理昂緊張地看著一臉虛脫、滿頭冷汗的福星，「你還好嗎？」

他抓著福星，深怕他就這樣閉目辭世。

「不太好。」福星勉強地嘿嘿兩聲，「明天我要請病假……」

「福星！」其他人匆匆趕來。

「嗨，大家……」福星虛弱地揮了揮手。

「你被那道光擊中竟然沒死？」丹絹由衷地讚嘆。「太厲害了！怎麼做到的？」

「沒什麼啦。」福星將手伸入胸前的大衣內側，拿出布滿裂痕的鎮魂鐘，「是這東西救了我。」哈哈，這算是開外掛吧。

闇紅色的鎮魂鐘，被深黑色的裂痕給包覆，透露出了攻擊的猛烈。接著，深紅色的金屬，在眾人眼前，啪的一聲，化為碎片塵粉。

「怎麼可能啊？靠這個破鐘……」丹絹壓根不信。

「是有可能的。」驀然傳來的聲音，逕自解答，「因為那是用我的血與骨製成，當然擋得下我的攻擊。」

回首，只見伊利亞腳步蹣跚地走向他們。

「伊利亞！」

理昂等人反射性地護在福星面前。

「戰爭已經結束了，沒必要劍拔弩張。」伊利亞自嘲地輕笑，他以複雜的目光看著福星，「斐德爾說得沒錯，你果然是終戰的關鍵。」

賀福星交換了所有人的靈魂與記憶，消除了所有人的戰意。

不戰而屈人之兵，善之善者也。不想再爭、再戰了，既然雙方都是相同的，便不需要證明誰是誰非。自古至今的對立，都是錯誤，因誤解而以偏概全的觀念，才是罪惡。

「伊利亞大人……」

「是我自己太過狹隘。我預言到對立與戰亂的終止，卻沒想過戰爭會是以這樣的方式結束。」伊利亞悠悠遠望，「這樣很好……」

他可以放心了。

伊利亞重咳一聲，吐出殷紅的血，身子向後倒去。斐德爾趕緊向前，接住伊利亞虛弱無力的身軀。

福星驚慌地看著對方，「你怎麼了？」

「體力用盡，快死啦。」幸災樂禍的笑聲響起，化回人形的悠猊自天而降，優雅而從容。

「悠猊？」

悠猊緩緩走向伊利亞，斐德爾警戒地本想拔刀防衛，但被伊利亞制止。

「哈，快死了吧。」悠猊居高臨下，倨傲地看著衰弱的伊利亞，「靈魂裡殘存的聖獸力量都用光了，感覺如何？」

「差透了。就像看見你一樣……」

「嘖嘖，剛才你還進到我的身體了呐。」

珠月不爭氣地發出一聲詭異的噴笑。

眾人回頭瞥了珠月一眼，心照不宣地感嘆。

啊，真是懷念……

那一記笑聲，宣告著戰爭的終結，以及平靜生活的回歸。

「你真的很沒用。」悠猊搖了搖頭。

「所以呢？」伊利亞不耐煩地質問，「你是特地來嘲笑我的狼狽嗎，北行者？」

他一點也不擔心對方是否想對他不利。因為根本沒必要，況且，他知道，對方已經和之前有所不同。

他知道北行者已無心再戰，無心再以自己的方式干涉世界的變遷。

「是啊。」悠猊承認，「雖然沒用又狼狽，但是你比較適合當領導者。」

「什麼？」伊利亞錯愕。

悠猊伸出手，搭在伊利亞心口。

手掌泛起溫暖的銀色光芒，光芒就像滴到沙漠中的水，迅速被吸收到伊利亞的體內。

伊利亞感覺到他的體內再次充滿力量，致命的傷口也開始癒合還原。

「你這是……」

「這個世界既然不需要我自作多情的變革，那麼，就靠你來穩定它、改善它吧。」

「那你呢？」福星插嘴，雖然他知道這是很沒禮貌的事。「你要去哪裡，悠猊？」

「我的靈魂已達到極限，不可能回到自己的軀體裡，我也沒辦法維持靈體的狀態。」

悠猊看著福星，「所以，我可能要走了。」

回歸虛無，回到最初的「老家」裡……

「北行者……」

「還是叫我悠猊吧。」悠猊勾起許久不曾出現的溫暖笑容。「我比較喜歡這個名字。」

他的時機錯過了，但他無怨。

只是，有點感慨，他也想停留久一點，也想和所謂的「伙伴」快樂地生活著。他想當福星的朋友，真正的朋友。

只是他沒有機會，也沒有時間了。

悠猊的身體泛起微微的白光，身體漸漸褪去色彩，轉為透明。

「悠猊，你……」

「我玩得很開心，謝謝。」

「不，別這樣……」福星不捨。

他希望悠猊留下來，畢竟，好不容易能彼此理解，好不容易結束戰爭了……

「哼哼！你們是不是忘了我的存在啦！」洛柯羅忽地喧賓奪主，闖入離情依依的分離場面。「可以寄放在我這裡呀。」

「什麼？」

洛柯羅走向悠猊，「艾芙為了封印你而不斷支出力量，所以回復得很慢。現在既然不用封印你，那她的靈魂很快便可以回歸了。」

「我剛看見你的本體，你是地獄的三頭犬，柯羅貝洛斯。」悠猊挑眉，「是艾芙把你從冥河邊境帶上來？」呵，看來那女人比想像中來得瘋狂。

洛柯羅輕嘖，「是啊，還不都是因為你，壞孩子。」

「艾芙是誰？」丹絹好奇。

翡翠有種暈眩的感覺，「我記憶中，只有一個名叫『艾芙』的女人有這個能耐，就是精靈女王……」

他的伙伴竟然是精靈女王派來的?!

「她的靈魂寄放在我這裡，現在還有一個空位，再收你一個也沒關係。你可以和艾芙一樣，把靈與肉分開來修復靜養，這樣痊癒得比較快。」

地獄三頭犬有三個頭，但是只有一個意識，另外兩顆頭可以存放其他靈魂，讓其他意識寄居。

「感覺有點像是清洗冷氣機濾網。」翡翠吐出最真實的感想。

聽了洛柯羅的建議，福星興奮地看向悠猊，「這樣你就可以繼續存在了！」

悠猊遲疑了一下，「你確定有必要這麼做？」可以嗎？做了這麼多錯事，他真的配得繼續存活著？

「只要活著，就有希望。」福星樂觀地笑著，「以後你還是可以像以前一樣，繼續守護著世界呀！」

「決定了嗎？」洛柯羅催促。雖然他能存放他人的靈魂，但是必須要當事人心甘情願才能進行。

悠猊望向伊利亞，望向自己唯一的同類。

「造了這麼多孽，還想拍拍屁股一走了之，這對你來說太仁慈了。」伊利亞冷冷地開口。

「我想也是。」他並不值得原諒。

「所以，你必須留下來，贖你的罪。」伊利亞以命令的口吻宣告，「活下來，做你該做的事。明白了嗎？北行者，聖潔之獸！」

悠猊微愕，接著投降似地發出一陣苦笑。他走向洛柯羅，每走一步，身體就變得更亮一些，最後他化為一道光，罩在洛柯羅頭上，接著消失。

「就這樣？」布拉德好奇，「那傢伙呢？」

「他現在在我身體裡面……」洛柯羅打了個呵欠，逕自坐在地上，靠在斷掉的石柱旁，慵懶地側身縮起身體，「寄放了兩個靈魂，負擔有點大，不好意思，我得睡一下喔……」

等女王的靈魂回歸時，他會自動醒來。他相信，等他睜開眼睛的時候，迎接他的，是和以往一樣悠哉平靜、充滿活力的早晨，充滿喧鬧的夏洛姆。

其餘的人留在原地，淨世法庭的人和特殊生命體皆是，一時之間有種手足無措的尷尬。

「斐德爾。」伊利亞站直了身子，回復以往的王者氣息。

「在。」

「撤軍。」伊利亞朗聲下令，「全員撤退。」

「是。」

伊利亞對著福星尊敬地行了個禮，接著轉身，昂首闊步，帶領著淨世法庭的成員們，緩緩離開夏洛姆。

「所以……」福星看了看伙伴，「現在要幹嘛？」

「今天是星期三。」丹絹看了看表，「晚上九點，剛好是班級時間結束，東亞哲學概論再過十分鐘會開始。」

「校舍都毀了上什麼課啊！」布拉德沒好氣地吐槽。

「說得也是。」

「福星！」

叫喚聲響起，回首，只見賀芙清正朝著福星狂奔而來。她一把將福星用力地擁入懷中，像是怕再度失去這重要的親人一樣。

「別老是讓人擔心……」賀芙清悶悶地低喃，語調裡帶著哽咽，「我以為會失去你……」

「芙清……？」福星有點不好意思，這是他第一次看見老姐這麼真情流露的一面。

「下次再做這麼危險的事的話……」賀芙清抬起頭沉著臉，冷冷威脅，「我就請琳琳幫你徹底地整理你的房間。」

「千萬別這樣啊！」太狠了吧！

「你是藏了什麼東西在房裡啊？」布拉德不安好心地賊笑著追問，「是不是和你收藏在蛋捲盒裡的東西一樣精彩？」

「少囉嗦！」福星惱怒，反擊，「話說，布拉德你剛才哭了對吧！你抱著我哭了對吧！我都不知道原來布拉德這麼在意我，真是辜負了你一番真心。」

珠月樂得眉開眼笑，竊笑不停。

「你搞錯了，那只是純粹的生理反應。那時候我的淚腺不受意識的控制，而流出一些分泌物，那不是哭，只是流淚而已。」

「海龜在產卵時會流淚。」活體知識家丹絹立刻跳出來發言，「你是海龜嗎？你也在產卵嗎？」

「我看他另一個部位也很擅長自動流出分泌物。」紅葉一臉老謀深算地說出自己的推測。「特別是當他幻想自己在吃海鮮的時候。」

「嗯，沒錯。」翡翠跟著幫腔，「都很腥。」

「給．我．閉．嘴！」布拉德憤然狂吼。

喧囂的打鬧聲再次響起。

久違的日常，平靜無憂的校園生活，隨著長年以來的爭戰終止，再次回歸。

SHALOM ACADEMY

Epilogue

縱然不捨，
但高中生沒有延畢這回事

春末夏初。

白晝，已由溫暖轉為燥熱的氣溫，聒噪的蟲鳴與工地所發出的碰撞聲，迴響在夏洛姆。經歷了最終戰役後，夏洛姆大半的建築物毀損，加上大量的傷患，使得重建工程緩慢地進行著。

戰役終止後，淨世法庭的成員離開了夏洛姆。伊利亞繼續擔任宗長的職務，只是，淨世法庭的存在宗旨從那一日開始改變，不再以狩獵特殊生命體為目的，而是在世界上散布善意與盼望。他們深入困頓惡劣的環境之中，幫助貧弱者，暗中除去暴力強權，除去各種人為的不公義，帶給處在苦難中的人希望。

他們不再使用「陰獸」這個詞，而改為「特殊生命體」。

雖然在戰爭之後，眾人能理性地放下仇恨，但是要在一夕之間就讓淨世法庭和特殊生命體像家人一樣和諧相處，這對他們而言太過強人所難。

畢竟在戰場之上，戰爭之前，兩方各有人員傷亡。

戰後，淨世法庭和特殊生命體達成了共識。兩方人馬，有如兩條平行線，互不侵犯，互不往來。理智冷靜的尊重，已是兩方人馬能做出的最大妥協與讓步。

這離理想的和諧共存仍有很長一段距離，但至少踏出了第一步。

未來，他們有很長的時間，慢慢成長、慢慢將悲與恨遺忘。平行線終將有交點，最後重疊，成為不分彼此的同類。

六月，離別的季節。畢業的季節。

廣場上搭起了舞臺，臺前擺滿一排排的椅子。周遭放著數張長桌，拉滿了彩帶，鋪滿紅毯，儼然就是一場大型晚宴的會場。

夏洛姆所有的布朗尼們，從一週前就開始加班，那不怎麼可愛的小臉變得更加猙獰，有如製作失敗的吉祥物。寶瓶座裡一、二年級的成員也全數出動，籌畫安排著這學期最後的活動。

卒業典禮。終業式。

從午後開始，陸陸續續地，畢業生學員的親友們，包括已畢業的校友，大批地自世界各地聚集於此。

這是創校以來第一次，這麼多人參與這個盛會。因為這一年是終戰之年，是和平的鐘聲響起的一年。特殊生命體可以更加理直氣壯、光明正大地在世界上活動，不用畏懼潛伏在暗處的敵人突擊。

本學年最後的大型活動，將要展開。

就在傍晚時分，夕陽西下、霞光漫天的那一刻，夏洛姆的終業典禮將要揭幕。

福星換上了深色的禮袍，排在三C的隊伍中，跟著同儕們一起進場。

這是他待在夏洛姆的最後一天。

他想起三年前剛踏入夏洛姆的那一刻，那時他以為自己的未來三年，也會在平淡與空虛中度過，以為自己仍會是孤單一人，他沒想到自己會結交到這麼多伙伴。比起發現夏洛姆竟是妖怪的大本營，日後竟會交到朋友這件事，應該對當初的他來說更為震撼吧。

夕日半沉在地平線上的那一刻，典禮正式開始。

畢業生坐在前排，按照班級，一一上臺從桑珌手中領取畢業證書。

福星遠遠地就看見，老爸和琳琳拿著家中那臺老式的古董級單眼相機，還有攝影機，對著他興奮地狂拍，並且不時發出興奮的怪叫，用力對著臺上揮手。坐在一旁的妖精族家屬，臉色難看地一直朝著那兩人丟白眼。

就像他幼稚園和國小時的畢業典禮一樣。在那兩個活寶心中，他永遠都是長不大的孩子。

順帶一提，國中的畢業典禮他請了病假，但那一次他並沒有生病，只是純粹地認知，他的出現與否，對其他人而言並沒有差異，可有可無。

他很慶幸，高中的畢業式並沒有重演那難堪的歷史。這一次，他是帶著祝福與回憶，和他珍視的伙伴們一起登臺，度過最後一日的學園生活。

福星從桑珌手中接下套在紙筒裡的證書，桑珌對他露出鼓勵的笑容。

「恭喜畢業。」

「謝謝。」

接下證書，跟在隊伍後，走下臺，回到位置上，換下一批學生上臺。

福星看了看手中的紙卷，仰首，看著星光點點升起的夜空。

這是最後一次，以夏洛姆學生的身分，站在這天幕下，瞻仰蒼穹。

結束了。

終戰之役後，桑珌和寒川本想好好表揚福星，感謝他為特殊生命體界做出的貢獻，但是被福星婉拒。他只是個零件，在恰當的時機發揮了該有的功用，並沒有什麼了不起的。他也拒絕了豐厚的獎賞，他認為那些錢拿來重建整修夏洛姆更為實際，他最喜歡的地方就是夏洛姆，他希望看見夏洛姆回復原本的樣貌，甚至更加昌盛。

戰爭終止後不到一週，學園恢復運行。在最後一個學期的幾個月裡，福星和他的伙伴們，安然而平淡地度過最後的學園時光，他很滿足。

雖然分別在即，有著濃烈的不捨……

福星發著愣，但是表情透露出他的心思。

「捨不得嗎？」珠月笑著詢問。

「嗯……」

「既然捨不得的話，乾脆明年再來重讀一次啊。」洛柯羅自以為聰明地獻計，「再當一次新生，再來一次新生訓練，然後再來一次修學旅行？」

「不用了。」

有些東西只有一次，結束了令人惋惜，但是無法重來。

因為只有一次，所以彌足珍貴。因為只有一次，所以無可取代。一期一會的感動，銘烙在心底，鐫刻在記憶中，讓自己在未來的日子，珍藏回味。

雖然曾經畏懼著分離，但是現在的他了解，他與伙伴間的友誼，並不會因距離或時間而疏遠斷裂。就算見不到面，心裡也會惦念，就算伙伴不在身邊，那些回憶也能隨時陪著他，夠他回味。

分離才能相聚。

面對著分離，他開始期待，期待在下一次見面之前，他要幹些轟轟烈烈的事件，等到見面時，和伙伴分享說嘴。

「福星之後要做什麼呢？」妙春好奇發問。

「回臺灣，我已經報了重考班，準備明年考大學。」

眾人微愕。

「你真是……」布拉德搖了搖頭，「非常特別。」

「不然我也不知道要幹嘛。留在家裡當米蟲也不好意思，要出去工作的話，至少也要有大學的學歷。」福星認真地說著。

「都過了三年，你還是很不像特殊生命體。」翡翠淺笑。

「反正他有很長的時間可以重考嘛。」丹絹心不在焉地隨口接腔。

「喂！」對準考生說這麼不吉利的話，太過分了吧！「不然特殊生命體都在幹嘛？你們打算做什麼？」

「我已經申請進入英國的中央研究機構擔任研究員。」丹絹得意地率先發言。

「喔。」無趣。

「你呢，洛柯羅？要回地獄嗎？」

「才不要呢，那裡的伙食難吃死了。」洛柯羅偏頭想了一下，「我要去愛爾蘭找姐姐。夏至前她應該就能離開結界，隨意活動了。」

「紅葉和妙春呢？」

「我們會先回老家一趟，然後應該會入山修行一陣子吧。」

「真不像妳會做的事。」丹絹輕笑。

「是嗎？」紅葉媚笑著，「不然我也去英國好了。你覺得呢，小蜘蛛？」

丹絹的臉泛起淡淡的紅，「妳要去哪裡是妳的自由，不干我的事……」

「珠月要去哪？」

「我想去學醫，聽說西雙版納的某個水澤裡有隻千年紅蛟，熟悉各類藥草和古傳祕術，我想去找他拜師學藝。」

「真了不起。」福星讚嘆。「你要回家鄉嗎，以薩？」

「嗯。」以薩吶吶開口，「我打算重新修纂闇血族的史書。」

闇血族的史書一直都是由掌握強權的核心家族編纂，有許多史實因為政治利益而被扭曲甚至銷毀。

麗・克斯特只是其中的犧牲者之一。他知道還有許多弱勢的家族，背負著子虛烏有的汙名，或是未得到應有的尊重。他想要重修史書，盡可能地讓歷史客觀，還原真相。

「那布拉德呢？」

布拉德輕咳了聲，「我一直都在計畫到某個地點來趟深度旅遊，目前已有預定的地點。」

「喔？該不會恰好是西雙版納吧？」翡翠不給面子地直接拆臺，被布拉德狠狠地瞪了一眼。

「布拉德到雲南的話，記得要來找我唷。」珠月單純地邀約著，「我會盡地主之誼好好招待你的！」

布拉德耳根子漲紅，「會的……如果經過的話……」

「你就去啊，剛好給珠月當實驗品。」丹絹竊笑著提議。

「兄弟兩人命運都一樣，都是學醫的女人的玩具，真悲哀。」翡翠搖了搖頭感嘆。

「你又在鬼扯什麼！」

「那小花呢？」福星轉頭，詢問自己的同鄉。

「回老家吧。」小花淡然地開口，「那邊有些新生的初代，我得去照顧他們……」

福星淺笑。雖然小花總是一副獨善其身、置身事外的態度，但其實心裡非常善良。福星的目光移向身旁不發一語、靜靜聽著眾人對話的理昂。

「你呢，理昂？」

和夏格維斯本家脫離後，理昂一直沒有回德國，也沒和本家的人往來。失去本家支援的理昂，凡事都得靠自己，這對一個世家大族出生的少爺而言，不是件容易的事。

「理昂要和我一起開店。」翡翠逕自答腔。

「什麼?!」眾人錯愕。

「你確定？」紅葉質疑，以不忍心的口吻勸說，「三思而後行啊，理昂！」

「你一定會被剝削的！」丹絹信誓旦旦地說著，「就像是十九世紀工業革命後的歐洲童工一樣悲慘！」

「千萬別在他面前睡死，搞不好你會被當商品賣了。」連布拉德也開口相勸。

「對，要不然就是醒來之後發現少了一顆腎。」

「你們講話一定要這麼惹人厭嗎！」眾人一言一語，搞得翡翠極為不爽。

珠月趕緊打圓場，「那麼，翡翠你要開什麼店呢？」

「託福星的福，上回的臺灣遊讓我啟發甚深。」翡翠露出市儈的笑容，「我也要去臺灣的夜市擺攤。」

「什麼?!」福星和理昂同時震驚。

「你要來臺灣？」

「你說要投資傳統產業就是這東西？」理昂不可置信，直到此刻他才有種被騙的感覺。他後悔了。

「不行嗎！」

「夜市人生沒你想像中好混。」小花冷冷提醒。

「所以我有保鏢啊。」翡翠用拇指朝理昂比了比，「誰敢來砸闇血族的場，是吧？」

理昂的面色頓時下沉，就像是發現自己養了半天的水晶寶寶只是丙烯酸高分子聚合物的小學生一樣，悵然若失。

當眾人討論得正熱烈時，一個眼熟的身影朝著他們緩緩靠近。

「理昂少爺。」蒼勁而恭謙的呼喚聲傳來。

理昂轉頭，訝異地看著來者。「羅倫佐？」

羅倫佐和以往一樣謙卑有禮，只是那萬年冰霜的臉，此時帶著淺淺的、不易察覺的笑容。

「恭喜您畢業。」

理昂遲疑了片刻，「謝謝……」

其他人互看了一眼，識相地退散到別處，讓這對主僕有私人的空間。

「你來做什麼？」理昂警戒地冷聲質問。

「只是來祝賀。」羅倫佐對理昂的態度露出一記苦笑，「順便帶一個人來見您。」

他向右退了一步，讓站在自己後方的人展現在理昂面前。

理昂瞪大了眼，驚愕之情毫不隱藏地顯於面容。

深褐色的大波浪長髮、碧綠色的水漾雙眸、朱紅的嘴唇、無辜而天真的神情，這是，這人是——

「莉雅？」

是莉雅？他的莉雅？但是，莉雅不是在二十年前就遇害了……

「她沒死。」羅倫佐主動開口，「二十年前那一夜，莉雅小姐離開會場，和費希特小姐前往中根鎮，躲過了一劫。那夜過後，我們把她藏在馬紹爾群島上夏格維斯家所擁有的島嶼上，瞞著世人，偷偷地照料著她。」

「為什麼……」

「我想，理由應該不需要我解釋。」羅倫佐自嘲地輕笑，「夏格維斯家傳統的運作模式，您應該很清楚。莉雅小姐的死訊，成功地把您推向復仇之路。」

理昂的眉頭深深皺起，心中五味雜陳。

羅倫佐繼續開口，「我不求您原諒我，就像我不會原諒您那時拋下夏格維斯一樣。」

「為什麼決定坦白？你有什麼目的？」

羅倫佐輕嘆了聲，「能有什麼目的呢……」

最終戰役結束後，特殊生命體界的勢力重新洗牌，當人們不再需要結黨以自保的時候，既有的組織與團隊便會日漸凋零。夏格維斯家已無法擁有過去宛如帝王的光景了。

「所以？」

「您走了之後，我想了很多，想了很久……」羅倫佐低下頭，喃喃輕語，「您那時候說我是家人，我很高興……」

理昂看著羅倫佐，臉上的戒備與敵意散去，轉為和煦。他不用多言，因為他知道，束縛著夏格維斯一族的枷鎖，已經瓦解。

理昂走向莉雅。對方抬起頭，怯生生地看著眼前的人。

「認得我嗎，莉雅？」

小小的朱唇開啟，吐出細細的嗓音，「理昂哥哥……」接著，撲入理昂的懷中。

理昂輕輕地拍著莉雅的背，強壓下內心的激動與感觸。

回來就好……

一隻晚歸的燕鵲飛過空中，發出圓潤流利的啁啾鳥囀。

莉雅猛地抬起頭，盯著悠悠滑翔的鳥兒，下一刻，雙手攀住理昂的肩，用力一蹬，向上空躍去。然後在空中翻了三圈，完美落地，紅潤的小嘴上，此時正銜著那隻可憐的鵲鳥。小鳥兒奮力地掙扎著，發出啾啾哀鳴，但莉雅不為所動，反而噙得更緊。

理昂的眉頭高高挑起，露出不可置信的表情。

這是莉雅嗎?!如鈴蘭一般嬌弱、像百合一般純良的莉雅，竟然用嘴銜著鳥……

羅倫佐趕緊上前，搶下莉雅叼在嘴裡的鳥兒，莉雅不滿地發出一聲低沉的嘶吼。

羅倫佐尷尬地解釋，「呃，莉雅小姐在島上生活了二十年，有點被叢林同化了，所以變得有些……原始。」

「你們把她一人丟在荒島?!」

「當然不是!島上有別墅，供應一切生活所需，但是某一夜莉雅小姐逃出別墅後，就再也沒回去。」羅倫佐趕緊辯解，「我們搜尋很久都找不到，只知道她在島上，但不知她躲在哪裡。她的脾氣和您一樣硬，這次要帶她回來，也花了不少時間和心力。」

理昂看著莉雅，那紅豔豔的小嘴上，沾了點點的血跡。

「理昂……」莉雅吶吶開口，「肉……」

「莉雅小姐二十多年沒和人說話，她還需要一些時間習慣社會。」羅倫佐歉疚地低下頭，「這是我的錯，非常抱歉。」

理昂看著一臉無辜的莉雅，輕嘆了聲，憐惜地伸手拍了拍對方的頭。

「算了。」他憐愛地摸著莉雅柔順的髮絲，「回來就好……」

當眾人躲在樹叢旁，偷窺著夏格維斯兄妹團圓的溫馨戲碼時，福星偷偷把洛柯羅拉到角落。

「那個，洛柯羅。」

「怎麼了？」

「悠猊，他還好嗎……」已經四個月過去了，不知道悠猊復原得如何。他希望悠猊也能參加典禮，和他一起從夏洛姆畢業。

「喔，他很好。」洛柯羅手掌撫著心口，「在裡面，安安靜靜地睡著。因為他非常虛弱，所以還要睡好一陣子才會醒來。」

「是喔……」福星有些失望。

「你想見他嗎？」

「可以嗎？」

「我可以借用他的外貌，但是只能一下子。」

不等福星同意與否，洛柯羅逕自閉上眼，變化起自己的外形。片刻，頎長精碩的身影，帶著玩世不恭笑容的俊臉，出現在福星眼前。

「福星。」輕柔而具磁性的嗓音響起，「恭喜你畢業。」

「謝謝。」雖然知道是洛柯羅說的，但福星還是忍不住眼眶一陣酸楚。

他想起過去的三年裡，在西林中、大樹下和悠猊談天閒聊的時光。雖然時間不長，雖然悠猊說他只是棋子，但他相信，在林中的時光，那些言談、那些笑語，並非全然虛假。

悠猊，保重。

他期待下一次的見面。

下一回，換他帶著悠猊來認識這個新世界。

大約持續了一分鐘左右，洛柯羅又回復成原樣。

理昂帶著莉雅來到伙伴面前，以略微生澀的態度向眾人介紹他的家人。一行人好奇地打量著莉雅，吵吵鬧鬧地消遣理昂，笑他是資深妹控，警告他別犯罪。

當一群人笑鬧不已時，結業的鐘聲響起，帶著幻彩的精靈煙花衝上天，濺耀出燦目的炫光。

悠揚的弦歌聲奏鳴。

卒業儀式結束。

曾經在此駐留過的人，都成過客，離開此地，各赴東西。新的人會進駐，新人也會成為舊人，離去。

不同的人，在不同的時間點，分別在這塊土地上創造屬於自己的回憶，帶走回憶，珍惜著這如同煙花一樣璀璨而短暫的美好光陰。

福星黝黑的瞳眸望著天空，眼底反映著漫天的煙花光樹，光影在眼中的波光裡閃動，凝結在溫熱的水珠之中，泛出眼眶，滾落臉龐。

再見了，大家。

期待再次相見。

SHALOM ACADEMY

After end

終章之響，啟章之音

SHALOM ACADEMY

終戰之役後，特殊生命體和人類互不侵犯，相安無事。這樣的和諧與平靜持續了數年，所有的人都以為，這個世界就會維持這樣的平靜，一直到永遠。

隆冬，風雪夜。滿月當空，冰花結樹雪飛天。

淨世法庭本部，來了個意外的訪客。非人的訪客。

伊利亞坐在會議室，看著來者──特殊生命體的代表，夏洛姆學園的校長，桑珌。

「我以為我們不會再有所往來。至少沒那麼快。」

戰後，特殊生命體與淨世法庭簽定了互不侵犯條約，淨世法庭不再獵殺特殊生命體，特殊生命體也不得屠殺人類。除非兩方有人違反約定，另一方的人馬才能提出搜捕令，展開調查與追緝。

「這次情況特殊。」桑珌拿出一方紙袋，倒出裡頭所裝著的照片。

照片的場景是條暗巷，地面上躺著一名渾身是血的死者，而那已獸化成狼面的頭部，宣示著獸族的身分。

死者身旁有個模糊的人影，看起來是人類，但是表情極為猙獰，額頭兩端，若隱若現地凸起兩支黑色的角。

「這是什麼？」伊利亞看著照片，臉色轉為深沉。

「我的組員拍到的影像。」

「這不是人類。」

「我知道。」桑琺輕笑，「這是從黑暗的下界爬出來的東西。」

伊利亞盯著照片，低聲吐出自己的判斷，「……惡魔。」

不等對方詢問，桑琺逕自開口。「最終戰役，兩隻神獸爭鬥所迸發出來的上層靈力，已超過物質界所能負荷。而鎮魂鐘是以你的血與骨結合混沌之力創造出的東西，當它毀壞時，封藏在裡頭的力量也跟著傾瀉。種種的能量與混沌之力交雜在一起，足以影響既定的理則運行。」

「所以？」

「物質界與幽冥界的界線被模糊，有些不屬於這個世界的東西溜過界，造成了些破壞與騷動。」

伊利亞沉吟，「你是來興師問罪的？」

「雖然很想，但這對情勢沒有幫助。」桑琺繼續開口，壓低了嗓音，吐出隱晦的情報，「有個傳言說，蒼穹和深淵都丟出了種子，轉生到人間。」

「為什麼？」

「為了制衡。兩邊的人都想趁這機會影響物質界，都想在對方出手之前捷足先登，布下人脈占有優勢。」

伊利亞咬牙，眉頭深鎖。

看來，和平與安定並非常態，總是會有新起的波瀾擾動世局……

「你特地來找我，只是為了陳述可能發生的危機？」伊利亞質問，「說出你真正的目的吧。」

桑珌勾起嘴角，像是在等這一句話一般。

「我認為，該是我們合作的時候了……」

——《蝠星東來VII妖怪的卒業式》完

——《蝠星東來》全系列完

SHALOM ACADEMY

Side story

雖然見到就討厭，

但是再也不見又會有點思念——

期末測驗・上

SHALOM ACADEMY

傍晚，夜間休息時段。

寢室裡的燈是關著的，房裡一片昏暗，只有窗外隱隱透入的校舍燈火，模糊朦朧地勾勒出了房內物品的輪廓。

福星屏息以待，等著他的室友歸來。

此刻的他，輕盈地停棲在天花板上，背貼著牆面朝下，身體呈大字形，既像鬼魅更像痴漢，靜靜窺伺，虎視眈眈地等著目標到來——懸浮咒，七歐元。

空氣中有股淡淡的血腥味。在福星的正下方，地面上有個人，癱倒在血泊之中，那是他的仿冒品——替身人偶，每小時十歐元；血漿，四歐元。

這一切花費都是為了一個人，他的室友理昂。

他要殺了他。

「理昂進入宿舍了，三分鐘之內會抵達房間。」耳朵裡的藍芽耳機傳來翡翠的通報——盯哨費，每小時八歐元，附送藍芽耳機及礦泉水。

「收到，目標身上是否攜帶武器？請評估潛在風險。」福星對著麥克風，以冷酷的語調詢問。

「我又沒搜他身我哪知道？搜身的話加兩百歐元，要嗎？」翡翠非常不配合地吐槽。

「……不必了。」

對話停止，福星將注意力集中在門扉上，等待著那逐漸靠近的腳步聲。

他覺得此刻的自己彷彿古代的刺客，神祕、危險又帥到爆。他幻想著接下來會發生的事，得意地咧起笑容。

等著吧，理昂——等著品嘗敗北的滋味吧！

「啪。」

嘴裡口水受到地心引力的牽引，滴落地面，讓他看起來像為了拍智障影片而把自己困在天花板上的屁孩網紅。

福星趕緊舔了舔嘴，收回蠢笑，嚴陣以待。

門扉開啟，走道上的燈光照入房中，將地面上虛弱無助的人影打亮，但福星所處的位置剛好位於光線死角，所以仍維持著昏暗。

福星在心裡暗暗為自己喝采。

理昂看見了地上的人，毫不猶豫地走入房中，走向那替身，來到了福星的正下方——

就是現在！

福星解開一半的懸浮咒，上半身向下垂落，有如鐘擺般在空中劃出一道弧線，朝著理昂所在的位置襲去。

按照計畫，他將從後方一手環住理昂的脖子固定目標，另一手則繞向前方，在理昂的額上烙下死亡之印，因為理昂絕對想不到他會從後上方突擊——

眼看勝利唾手可得，但出乎意料地，他的雙手才向前揮舞到一半，便被另一雙手包覆。

有如絲絹一般冰涼細緻的手，順著福星的力道，順勢滑纏嵌入他的指縫，與他十指相扣。

呃！

透過門外的光線，他發現，本該是背對著自己的理昂，不知何時竟然已面對著他。

理昂那過分帥氣俊逸的臉，正面對著他，近在咫尺。

該死，失敗了！

福星想要解開下半身的懸浮咒，但是雙手被理昂握住，動彈不得。雖然他覺得理昂的握法怪怪的，然而眼前的處境讓他無暇顧及那些細節。

「晚安理昂！」福星尷尬地淺笑，絞盡腦汁地想扭轉情勢。「看來你的手現在無法發動攻擊了。你知道你現在背後完全沒有防備嗎？」他故弄玄虛，想要讓理昂以為房中另有埋伏而鬆手分心。

但理昂不為所動，雙手仍舊握著福星，力道不重，卻強硬得無法甩脫。

「頭再往下五公分。」理昂低聲開口。

福星挑眉，雖然不明白理昂為何提出這個要求，但也乖乖回答，「沒辦法，懸浮咒要嘛完全解開，不然只能解到這樣。」

「好吧，那麼這就是我的第一次。」

「第一次什麼？」福星感覺不對勁，「第一次割斷室友的動脈嗎？」

「當然不是。」理昂揚起了溫柔迷人到足以殺死人的笑容，「這是我第一次吻一個人需要踮腳。」

「什麼?!」福星瞪大了眼。

眼看那俊帥至極的容顏和那精緻不已的薄唇逐漸朝自己靠近，他聞到了酒的味道——

二十七小時前。

「隱瞞身分、潛入敵營、竊取情報，是對付白三角最基本的技能。一流的密探能深入目標者的生活，不只取信於對方，彼此交心如摯友、親愛如戀人，更重要的是，能在關鍵時刻沒有半點猶豫地取對方性命。」

情報搜集與實戰學的教授康妮絲站在大講堂前方，以平緩而祥和的語氣說著。她穿著碎花長裙，肩上披著針織衫，頂著一頭白色捲髮，一臉慈祥，再怕生內向的小孩看見她都會主動撒嬌。

但底下的學生都知道，這溫柔的外表只是假象。康妮絲的豐功偉業，在特殊生命體界算是傳奇。

「但現在被禁止了，」康妮絲嘆了聲，略帶嘲諷地笑道，「至少在某一方打破和平協約之前。真可惜吶。」

情搜課對特殊生命體而言是相當實用且重要的課程，康妮絲所說的每一句話、每一個字都被視為圭臬——但那是一個月以前的事了。

特殊生命體與白三角的最終之戰在一個月前結束。激烈而磅礡的戰役，傷亡慘重，卻換取了未曾有過的和平。

校舍恢復得差不多之後，學園便回復運作，所有的課程照常進行，但有些課程來不及調整，上起來便有些尷尬。比方說這門針對滲透白三角內部的情搜實作。

康妮絲看向大講堂裡的階梯式座位。大部分的學生都做著自己的事，沒幾個人認真聽課，整個講堂裡散發著股慵懶而心不在焉的氣氛。畢竟，最終的敵人已不存在，這堂課基本上也沒有存在的必要了。

福星把課本立在桌面，躲在書本後面，一邊看漫畫一邊偷吃餅乾，偶爾伸手到旁邊的本子上假裝抄筆記。

丹絹挑眉，「有必要這樣？」

「現在是上課耶。我們又坐這麼前面，被老師看到了不太好意思。」

他們來得不夠早，只剩下前半部的位置可以坐，雖然不是坐在第一排，但前方沒有其他學生當屏障，也等於是第一排了。

「……你知道什麼叫掩耳盜鈴嗎？」

福星不好意思地乾笑兩聲，「我這還算客氣，至少比洛柯羅收斂啦……」

坐在一旁的洛柯羅，桌面上也立著課本作掩護，但桌面上那座巧克力噴泉整整高出課本一倍的高度，完全沒有遮掩效果。

洛柯羅低頭認真地將棉花糖插在竹籤上，然後小心翼翼地沾取巧克力醬，接著放進嘴裡品嘗，發出滿足的低吟聲。

自從洛柯羅在大戰中展現真實能力後，他的愛慕者變得更加瘋狂。原本是少女對偶像的迷戀，動不動會送些小東西聊表心意，現在貢品的品質大幅提升，晉升到尾牙獎品的等級。

「我不想承認自己認識他……」丹絹用力翻了翻白眼，看向其他同伴。

珠月戴著耳機，並沒有在聽課，但桌上仍出於禮貌地放著課本，遠遠望去彷彿是個認真上課的學生——如果沒有動不動就發出詭異笑聲的話。紅葉和妙春兩個人靠在一起睡得非常安詳。布拉德透過手機觀看球賽，理昂則是自顧自地看著從圖書館借來的書，就連以薩也在腿上放了袋種子，偷偷地處理著種子的硬殼。

只有小花沒做任何雜事，手撐著頭望向前方，看不出是在聽課還是在發呆。她慵懶地換了個姿勢，身子不著痕跡地撞了長桌。

「唰！咚！」

福星和洛柯羅面前立著的課本一一倒下，掉落在前排的走道。兩人原形畢露，手忙腳亂地彎腰爬到前排撿書，製造出不少噪音，在安靜的教室裡格外明顯。

坐定之後，福星心虛地看向講臺。康妮絲仍然在講課，並沒有留意他們。

兩人鬆了口氣。

「看來沒被發現。」福星小聲地低語。

康妮絲的身子微微一頓，輕微到讓人看不出來。

她繼續講了幾分鐘，接著拿起放在桌上的水瓶，正要輕啜一口，卻發現瓶裡的水已經沒了。她轉頭，微笑著望向坐在前方的福星，溫柔地開口詢問。

「可以麻煩你幫個忙嗎？」

福星抬起頭，「噢，當然可以。」他站起身，大腿撞到桌邊，立在桌上的課本再次倒下，露出了藏在後方的漫畫和餅乾。

場面一時間有點尷尬。洛柯羅立刻很有義氣地幫福星把課本再次立起。

福星不好意思地看向康妮絲，但對方仍掛著那慈祥的笑容。

福星安心地走向前方，接下了康妮絲的水瓶，轉過身。

就在這一刻，水瓶裡的水忽地像噴泉一般暴湧而出，大量的水朝著座席區猛烈灑落。

只有幾個比較機警的學生即時召出防禦屏，擋去了水花，其他學生的身上和桌上的物品全被水淋濕。

福星瞪大了眼，錯愕在地。底下的學生也因突如其來的變化而傻眼。

只有小花閃過了期待不已的神色，似乎早就等待這一刻的到來。

康妮絲依然維持著從容而慈祥的表情，語重心長地說著，「即便我們已經與白三角立下和平協約，但和平從來不是恆久。白三角現在不是我們的敵人，但不代表未來也如此。況且，少了白三角，對各位而言也只是少了一個敵人而已。只要活著，就會樹敵，總有一日你會為了家族、利益、權力或是某種理由而戰。所以……」溫柔的臉下一秒被鄙夷及怒意取代，化為有如修羅一般的猙獰面孔，「安逸到連防禦屏都忘了召的廢物，我來幫你們找回危機意識！」

她怒然掃視了整個教室一圈。那些原本在搶救自身物品的學生，全都因康妮絲嚇人的魄力而停下手邊的動作。

康妮絲冷笑了聲，接著宣布，「今年的實戰測驗提早舉行。實測分數占比調整為學期分數的百分之七十。從今天開始，為期五日，進行『暗殺行動』。」

「暗殺行動」是情搜課固定的學年考試。在考試期間，學生們被分為「刺客」和「密探」兩組。兩方人馬不知道彼此的身分，雙方都必須找出誰是同伴、誰是敵人，無聲無息地「解決」對手。

以往課程會在期末考期間舉行，與其他課程錯開時間。這是第一次提前到學期中進行。

「那其他課怎麼辦？」一名學生舉手發問。

康妮絲發出了嘲諷至極的刺耳笑聲，「別說得好像其他課你們也有認真聽講似的。」

底下的學生們發出不滿的抱怨聲。

「對了，分數太低我會當人。」康妮絲笑著補充。

「但是這堂課明年就不開了，如果被當，就沒辦法重修啊！」學生們抗議道。

「沒錯。」康妮絲揚起深深的笑靨，「別擔心，雖然沒有畢業證書，但至少會有修業證書可以領。或者再重讀一次高中也是不錯的選擇。」

底下的學生倒抽了一口氣。

誰要啊！這太遜了！

此刻，所有學生終於意識到情況的危急，原本閒散的氛圍一掃而空，轉為嚴肅謹慎。

「認真聽好規則，我不會講第二次。」確定學生們全都進入狀況，她滿意地開始宣布規則內容——

康妮絲會對全班學生施展咒語，將學生分類。掌中浮現紅色印記的人是刺客陣營，藍色則是密探陣營。

烙印平時是隱藏的，只有本人看得見。刺客的人數占少數，他們可以暗殺密探，暗殺的方式是將手覆蓋在目標頸部以上的位置，發動掌中印記，在對方身上留下「死亡之印」即算成功。被殺死的密探不得用任何方式透露殺手的身分。

若是不小心錯殺己方陣營的人，殺人者及被殺者都會淘汰。

密探也能用同樣的方式在刺客身上留下烙印，但必須烙印三次，刺客才會死亡，刺客本身累積的分數也會轉移到密探身上。死亡的刺客同樣不能透露殺死自己的密探身分。

死去的密探在七小時內，只要暗殺任何一名刺客，便能復生。死去的刺客必須在兩小時內暗殺另一個刺客，才能復生。超過復生時間，手中會出現黑色烙印，代表死亡。被殺死七次以後，將再也無法復生。

這場測試考驗的是情搜、離間和潛伏的技巧，明查暗訪，爾虞我詐，利用心計，達成目的。戰鬥力在過程中並非絕對必要。

「當我發動咒語時，競賽就開始。」

康妮絲舉起手，朝座席區拋出一道咒語。咒語在空中化成上百根黑色的針，射向在場的每一個學生。

康妮絲轉過頭，望向一直呆站在一旁的福星，伸手拿下對方手中的水瓶，逕自轉身離開教室。

福星立刻火速奔回座位。

坐定之後，他低下頭，打開掌心。

紅色的印記。他是刺客。

福星皺眉。他比較希望自己是密探，因為密探只要能安全活到最後，就有基本分數。他必須積極殺人才能過關，但是他不想啊！

「還好嗎？」小花轉過頭詢問。

「沒事。」福星放下手，故作輕鬆。

「所以，現在該做什麼？」洛柯羅還在狀況外，搞不太清楚規則。「是要把手放在別人頭上嗎？」他邊問，邊把手伸向身旁的福星頭上。

「喂！別亂來啊！」福星連忙閃躲。

「康妮絲還真狠，大戰才剛結束，而且都已經期末了，竟然絲毫不寬容。」翡翠咋舌。

「貿然舉行實戰測驗實在太不合理了！」丹絹極為不滿。

「對啊！」

「戰鬥成績占比調整到百分之七十！這樣的評分方式太過武斷而且不公，至少作業成績也要占百分之五十吧！」丹絹忿忿然地繼續抱怨。

「……這是你在意的重點？」

「要不是你們這群蠢貨那麼放肆，康妮絲也不會暴怒！」丹絹把炮火指向福星和洛柯羅。「你還吃！」

「噴泉插頭被拔掉了，再不吃的話巧克力會凝固……」洛柯羅委屈不已。

「現在爭論這個也沒意義了。」小花阻斷無意義的指責，「專注在測驗上吧，不然明年又要再當一次新生了。」

「那……現在要一起找出刺客然後捕捉他嗎？」洛柯羅發問。

「我們之中或許就有刺客。」丹絹沒好氣地回答。

洛柯羅抓了抓頭，「那，是要一起找出密探嗎？」

「不用。」

洛柯羅一臉茫然，「所以這個考試什麼都不用做喔？」

「是不用什麼都『一起』做。」小花指出洛柯羅的盲點，「這次的測驗，考驗的是單獨行動能力，嚴格來講，不需要任何同伴，即使身分一樣，也不代表就是伙伴。重點是累積自己的分數，同身分的人或不同身分的人，都可以彼此利用或陷害。」小花站起身，揚起意味深長的笑容，「大家好自為之吧。」

這是第一次完全以個人行動為主的大型測試，以往的測驗都會分組團體行動，就算有時會被拆散到敵對的陣營，但至少都有一、兩個同伴。

「所以，我們現在都是敵人了？」紅葉輕笑。

「至少，不是盟友。」丹絹回答。

眾人互看了一眼。除了福星以外，每個人的眼裡都閃過了狡黠興奮的笑意。

「既然是教授訂的規則，那麼我們也只能遵守了……」布拉德一臉無奈地站起身，雙手舉起伸懶腰，接著伸出的手冷不防地翻轉，掌心朝著坐在斜前方與旁邊的理昂及丹絹襲去。

丹絹立即退開，理昂則以快到看不見的速度舉起精裝書，用力將布拉德的手拍開。

理昂冷眼瞪向布拉德，但沒多說什麼。

「你搞什麼?!」丹絹怒問。

「只是測試一下而已。」

「你是刺客？」福星心裡燃起了希望。如果布拉德也是刺客的話，那麼他可以和對方相認，到時候就可以一起行動了。

「或許是，或許不是。或許我是刺客想要賺取分數，畢竟刺客的人數占少數，殺錯人的機率不高。或許我是密探，想探查你們的身分，畢竟密探殺錯人還有復生的機會。」布拉德賊笑，「雖然沒得手，但也得到了情報。」

丹絹瞪著布拉德，為自己的失誤懊惱。

「我只是不想被你觸碰，與身分無關。」理昂放下書，伸手拂了拂書本封面。

但布拉德的手爪再一次向前，筆直地朝著理昂的臉襲去。

理昂身子後退，輕巧閃過，同時抽出腰間的短刃，反手往布拉德的手臂刺去。

布拉德連忙收手，但刀尖仍在他的手臂上留下一道淺細的紅痕。

「別這樣啦！」福星在一旁緊張不已，想要制止，但他發現身旁的同伴反而一臉躍躍欲試。

「這是測試。」翡翠開口，「我們現在不是同伴了。」

「沒錯。況且，我們總是一起行動。」珠月漾起淺笑，「這樣還頗有趣的。」

「有趣？」福星不這麼認為。

「可以不顧情面地搶奪分數和『殺人』，很有趣呀。」紅葉雙手搭上福星的肩，笑呵呵地提醒，「測試已經開始，你必須更謹慎，不然很容易被刺客殺死喔。」

她邊說邊舉起手，在福星的面前晃了晃，接著輕輕點了一下福星的鼻尖。

「呃！」福星連忙閃開，接著故作從容地開口，「那個，嗯呃……妳怎麼會知道我的身分？」雖然紅葉猜錯，但他還是好奇對方為何會如此猜測。

「看你剛才閃那麼快，肯定是一殺就死的密探。這小子八成打算躲到最後，不對任何人下手，所以死了就沒機會復生了。」布拉德不客氣地吐槽。

福星愣了一下，乾笑著附和，「你們……還真厲害啊……」其實他沒想那麼多，單純地怕死而已，所以就直覺地閃避了。

布拉德的分析沒錯。如果他是密探的話，本來就打算躲到最後，如果真的死了的話，憑他自己的能耐可能無法找到刺客，也無法殺死刺客。

雖然如此，但是聽見這樣的發言，還是讓他有點不爽……

他現在可不是那個無能的蝙蝠精！

身旁的同伴一一起身。

「接下來，就各憑本事了。」紅葉笑著看向丹絹，「小蜘蛛，我會來殺你的。」

「妳又不知道我的身分，誤殺同類兩方都會死。」丹絹冷哼。

「沒差，反正有復生的機會。」紅葉媚笑，「我會讓你在頂級的歡愉之中死去。」

丹絹翻白眼，「低級……」

眾人互看了一眼，便各自行動，離開了教室。

「等我一下，珠月。」福星喚道，他還沒收拾好課本。

珠月露出帶著歉意的笑容，「抱歉，福星。現在是測驗時間，現在我們不是同伴了。」

「可是，我又不會對妳出手——」

「福星，你真溫柔。」珠月笑了笑，「但是你最好認真點。」

「啊？」

「這應該是最後一次大規模實戰測驗了呢。」

「所以呢？怎麼了嗎？」福星對這前言不搭後語的回應感到一頭霧水。

珠月淺笑，沒有回答，拎起背包，逕自離開。

福星戰戰兢兢地回到寢室。理昂一如平常地坐在老位置上，看著自己的書。其他寢室不是劍拔弩張的對峙，就是如履薄冰的緊繃。相較之下，他們寢室顯得相當和平，彷彿戰場中的中立地帶。

福星鬆了一口氣，走向沙發，坐入理昂側邊的位置。

理昂沒有任何反應，但心中暗暗低嘆。

他知道，他的室友準備對他發表心得感想了。

「……我不喜歡這個測驗。」福星皺眉咕噥。

果然。理昂沒有回應，但他知道福星會繼續講下去。

「為什麼不分組團體行動？難道戰爭結束之後大家就不用團結了嗎？」

理昂頭也不抬，淡然回應，「以你的能耐，不用擔心過不了關。」

「重點不是過不過關。這個測驗讓大家彼此隱瞞身分，互相暗算，就連同一個陣營的人也不能信任，為什麼要這樣?!」

「因為這是情搜課。」

福星頓了一下，消沉地低下頭，「說的也是……」他沉默了幾秒鐘，忽地抬起頭，「你剛才是不是稱讚我？」

理昂在心裡再次暗嘆。

不管過了多久，福星的粗神經和無厘頭還是沒變。

福星見理昂沒有回應，繼續開口，「大家感情這麼好，如果因為這個測驗而撕破臉的話，豈不是太可惜了……」

理昂放下書，看了福星一眼，「經過了那些事，你覺得我們會因為一個測驗的結果而翻臉？」

福星愣了愣。

他原本擔憂大家如此投入，會破壞彼此的感情。但憑他們的交情，根本不用擔心，所以大家才會毫無顧忌地投入測驗。

看來是他杞人憂天。

這樣的話……他也可以不顧情面地對同伴下手囉？

福星看向理昂，莫名地，有種想做壞事的欲望，在心裡騷動著。

「那個，最近的天氣好熱啊，我晚上都睡不著覺，只好一直打遊戲。啊，說到遊戲，我最近在玩的遊戲裡有個職業是殺手，他——」

「你想說什麼直接說。」理昂打斷福星迂迴的話語。

福星不好意思地嘿嘿一笑，接著站起身，走到理昂身旁，一手搭在沙發上，居高臨下，以盤問的口吻開口，「那麼，理昂，回答我。你……是殺手嗎？」

他一邊問，一邊緊盯著理昂的臉。他想像自己是國外影集中犯罪調查科的探員，憑著對方的表情變化和語調來判斷回應是真是假。

「不是。」理昂面不改色，直截了當地回應。

「你怎麼就這樣告訴我啊！」福星不滿地抱怨。

「你又怎麼確定我說的是真的？」

「因為你很強啊。」福星坐回了原本的位置，「如果理昂是殺手，要殺掉我們輕而易舉，根本不用耍什麼心機和手段。」

理昂笑了聲，對這讚美感到非常滿意。

福星轉頭望向室友，「那……理昂，假設我是殺手，你會怎麼做？」

「不需要假設，我知道你是。」

「你怎麼知道的?!」

理昂長嘆了聲。

「就算我原本不知道，現在也知道了。」理昂放下書，「你在分類完之後，就沒怎麼說話，只有抽中殺手才會讓你因為壓力而安靜。」

「是喔……」沒想到這麼早就露出破綻了，他還真遜……

福星消沉地低下頭。

理昂瞥了福星一眼，「不過，其他人似乎沒看穿。」

「真的嗎?!」黯淡的臉立刻綻放光芒。

這傢伙，完全藏不住想法……

理昂輕嘆了聲，「就算拯救了世界，你的本質還是完全沒有變。」

福星感動不已，「理昂……」他停頓了一秒，「等等，這是稱讚嗎?還是在罵我笨?」

理昂低下頭，沒有回答，嘴角漾著淺淺的笑意。

福星皺眉，接著發出不懷好意的警告，「你最好小心點，我可是殺手，一有機會就會殺了你喔。」

「試試看啊。」理昂低下頭，繼續看書，完全不把福星放在眼裡。

「哼!等我想出殺人計畫你就小心了!」

「我會的。」

福星故作氣憤地起身，「在那之前，我要先去上廁所！」他用力地踏步走到廁所外頭，接著回過頭，確認理昂仍然盯著書，便蹲下身，然後用力地關上門，假裝自己已進入廁所之中。

然後，躡手躡腳地沿著牆，繞到理昂身後。

福星悄悄地貼著椅背，慢慢站起，接著猛地從後方伸出手，朝著理昂的臉拍去——

理昂輕鬆地避開，同時反揪住福星的手，用力往前拉。

「啊唷！」

福星一個踉蹌，整個人朝前撲跌，眼看就要臉部著地時，另一股力道揪住了他的肩膀，將他拎起，然後放開。

福星睜開眼時，發現自己雙腳跪在地面，上半身狼狽地趴在理昂的腿上。他往上看，只見理昂正一臉無奈地看著自己。

「如果你的目標是我，那麼，你必須更努力。非常非常非常努力。」

「你講太多次『非常』了啦！」福星反駁，同時猝然躍起身，往理昂撲去。

福星一腳壓在理昂腿上，一手撐住沙發的邊緣，以身體形成障蔽，將理昂限制在椅子中。

「這下你就跑不掉了。」福星得意地說著，同時舞動著手指，一副淫賊即將辣手摧花的模樣。

「你也是。」理昂的動作比福星快一步，蒼白的手有如鞭子一般，扣住了福星的頸子。

「呃！」福星僵在原地。

理昂看了福星停在空中的手一眼，福星立刻識相地將雙手收回，然後身子慢慢退後。

但是理昂仍然沒鬆開手。

「理昂……」福星以帶著諂媚的笑容看著對方。「可以鬆手嗎？」

理昂嘆了聲，停棲在對方脖頸上的手鬆開，朝福星的額頭上重重彈了一記。

「啊！」突如其來的力道，加上雙手沒有支撐物，使得福星整個人往後仰，摔倒在地。

「如果我發動烙印的話，你已經死一次了。」

福星爬起身，悻悻然地看了理昂一眼，然後轉身離去。當他經過理昂身旁時，猛地伸手揮向理昂的後腦勺。

「有破綻！」

「並沒有。」理昂直接站起身，輕鬆避開攻擊，最後一堂夜間課程的鐘聲同時響起，「加油。」語畢，逕自走向大門。

「我一定會殺了你的！」

「我等著。」

門扉關上，福星笑著坐起身，迫不及待地開始策畫。

他已經想出了好多突襲的方式，他不只打算暗算理昂，所有的同伴都是他的目標！

理昂說的沒錯，不顧情面地認真投入這場測驗，也是對同伴表現信任尊重的一種方式。正因為信任，所以才能這樣毫無顧忌地出招。

福星覺得自己好像會玩上癮啊……

丹絹搶先翡翠一步回房，立刻在自己的床區設下防禦屏，並在房裡各處布下重重蛛絲，以偵測入侵者。

翡翠進入房間，看到這陣仗，挑起了眉。

「你防範得也太仔細了吧。」

「事關分數，我絕對嚴陣以待。」

「你是刺客嗎？」翡翠直接詢問。

丹絹嗤聲，「誰會隨便向人透露身分？」

「我啊。」翡翠笑了笑，「給我六十歐元就告訴你。」

丹絹挑眉，「你是認真的？」

「事關錢財，我向來很認真。」翡翠伸手招了招，「要交易嗎？」

丹絹盯著翡翠片刻，接著拿出錢包，抽出幾張鈔票，塞入那隻討錢的手中。

翡翠眼睛一亮，笑著收下錢，「謝謝惠顧。」

「你的答案？」

「我不是刺客。」翡翠一邊數錢一邊回答。

丹絹聞言，鬆了口氣，撤下布在公共區的蛛絲。他的身分是密探，如果室友和他一樣是密探，那他就不需要那麼嚴密地防範，能省下不少心力。

見到丹絹的舉動，翡翠挑眉，「這麼信任我？」

手中的烙印只有自己看得見，直到下手殺死對方的那一刻，才能確認對方的身分。丹絹根本無法確定他所說的話是真是假。

「因為你收了錢。」丹絹回答，「你不會拿錢的事開玩笑。」雖然翡翠常賣些廣告不實的商品，但從未為了錢害人，基本的道義還是有的。

翡翠看著丹絹，漾起了真誠的笑容。「你真是個好人。」

「不需要巴結我。我不會付錢。」丹絹走向牆邊的櫥櫃，整理明日要用的上課用品。

翡翠站在丹絹身後，笑道，「你知道嗎？在戰場上，真正的勝利者，從來不是戰勝的那一方。」

丹絹嗤之以鼻，「不然呢？」

「真正的勝利者，」翡翠悄悄地在掌中召出咒語，「是遊走於兩邊的軍火商！」

下一秒，咒語從後方襲向丹絹，限制住了他的行動。

丹絹想要轉身，但是動彈不得。下一秒，他的眼睛被蒙住。

翡翠對著陽臺打了個暗號，埋伏在陽臺等候的刺客立刻進房，來到丹絹面前，在他的額上留下死亡烙印，隨即迅速撤退。

刺客離去後，翡翠彈指，撤下了丹絹身上的咒語。

丹絹勃然大怒，瞪著翡翠，「卑鄙小人！你竟然騙我?!」

「我沒有騙你喔！」翡翠舉起雙手安撫，「我確實是密探。只不過，我和一位刺客合作了。」

丹絹瞪大了眼。「可以這樣？」

「當然，這是模擬實戰的測驗呀。」

丹絹看著翡翠。他和翡翠等人當伙伴太久了，幾乎忘記自己的同伴有多麼狡詐。當對方將這樣的奸詐拿來對付自己時，他因為過去的習慣而措手不及。

有意思……

看來，是他太晚進入狀況了。

「你的雇主是誰？他付你多少錢，我出雙倍。」丹絹開口詢問。

「你學得很快呢。」翡翠笑了笑，「雖然聽起來令人心動，但不好意思，我們簽了合約，所以不管你開再高的錢，我都不能出賣顧客。」

丹絹冷笑。

看來雇主是小花。只有她有能耐讓翡翠這奸商老實合作。

「為了避免見面尷尬，我今天會睡在其他地方，房間就留給你囉！」翡翠笑著拎起早已打包好的行李，準備離開房間。

「……你也忘了一件事。」丹絹冷聲開口。

「什麼？」翡翠正要回頭，數十道蛛絲自身後射來，將他緊緊捆縛住。

丹絹雙手環胸，冷笑著走向翡翠，「你忘了，死人無所畏懼。」

「我們都是密探，況且你已經死了。另外，與測驗無關的暴力行為違反規定。」

「我沒那麼蠢。」丹絹像是打量商品一樣，笑看著翡翠，「你覺得，憑著你日常的行事為人，有多少人願意出錢殺你呢？就算是密探，應該也有不少人想要殺你洩憤。」

翡翠錯愕。

「乾脆開個拍賣會，公開競標好了。一元起標，以六十歐元為單位增額。不曉得我會賺多少。」丹絹拍了拍翡翠的臉。「被當商品的感覺如何？」

翡翠看著眉飛色舞的丹絹，扼腕至極地低咒，「你這……奸商……」

丹絹揚起嘴角，「和你學的。」

——番外〈雖然見到就討厭，但是再也不見又會有點思念——期末測驗．上〉完

Afterword

又是這個折磨人的小東西

SHALOM ACADEMY

《蝠星東來》再次完結了。因為是重新出版，本以為能坦然面對，但沒想到仍然是感慨萬千。

這是我創作的第一部輕小說作品，在創作之初，因為對輕小說的創作並不熟悉，在這部作品上重寫和修改的次數是目前為止最多的，最高紀錄是某個版本整集寫完之後感覺不對，所以全部砍掉重練……真是血淚交織的過去呀！

但看見大家喜歡書裡的人、喜歡這故事，就覺得一切的努力都值得了。

很感謝老讀者和新讀者們的支持，未來也會繼續記著創作《蝠星東來》時的初衷，努力創作出自己和讀者都喜歡的故事。

藍旗左衽　2019.04.01

高寶書版集團
gobooks.com.tw

輕世代 FW304

蝠星東來07

作　　者　藍旗左衽
繪　　者　ダエ
編　　輯　謝夢慈
校　　對　任芸慧
美術編輯　彭裕芳
排　　版　彭立瑋

發 行 人　朱凱蕾
出　　版　英屬維京群島商高寶國際有限公司臺灣分公司
　　　　　Global Group Holdings, Ltd.
地　　址　臺北市內湖區洲子街88號3樓
網　　址　www.gobooks.com.tw
電　　話　(02) 27992788
電　　郵　readers@gobooks.com.tw（讀者服務部）
　　　　　pr@gobooks.com.tw（公關諮詢部）
傳　　真　出版部　(02) 27990909　行銷部 (02) 27993088
郵政劃撥　19394552
戶　　名　英屬維京群島商高寶國際有限公司臺灣分公司
發　　行　希代多媒體書版股份有限公司/Printed in Taiwan
初版日期　2019年5月

國家圖書館出版品預行編目(CIP)資料

蝠星東來 / 藍旗左衽著.-- 初版. -- 臺北市：高寶國際, 2019.05-
冊； 公分. --

ISBN 978-986-361-663-4(第7冊；平裝)

857.7　108003479

三日月書版

三日月書版

GOBOOKS
& SITAK
GROUP ©

GOBOOKS & SITAK GROUP ©